Princesa

em treinamento

Obras da autora publicadas pela Editora Record:

Avalon High
Avalon High – A coroação: a profecia de Merlin
Cabeça de vento
Sendo Nikki
Como ser popular
Ela foi até o fim
A garota americana
Quase pronta
O garoto da casa ao lado
Garoto encontra garota
Todo garoto tem
Ídolo teen
Pegando fogo!
A rainha da fofoca
A rainha da fofoca em Nova York
A rainha da fofoca: Fisgada
Sorte ou azar?
Tamanho 42 não é gorda
Tamanho 44 também não é gorda
Tamanho não importa
Tamanho 42 e pronta para arrasar
Liberte meu coração
Insaciável
Mordida

Série O Diário da Princesa
O diário da princesa
Princesa sob os refletores
Princesa apaixonada
Princesa à espera
Princesa de rosa-shocking
Princesa em treinamento
Princesa na balada
Princesa no limite
Princesa Mia
Princesa para sempre

Lições de princesa
O presente da princesa

Série A Mediadora
A terra das sombras
O arcano nove
Reunião
A hora mais sombria
Assombrado
Crepúsculo

Série As leis de Allie Finkle para meninas
Dia da mudança
A garota nova
Melhores amigas para sempre?

Série Desaparecidos
Quando cai o raio
Codinome Cassandra
Esconderijo perfeito

MEG CABOT

Princesa
em treinamento

Tradução de
ANA BAN

7ª edição

Rio de Janeiro | 2014

CIP-Brasil. Catalogação-na-fonte
Sindicato Nacional dos Editores de Livros, RJ.

C116p
7ª ed.

Cabot, Meg, 1967-
Princesa em treinamento / Meg Cabot; tradução de Ana Ban. — 7ª ed. — Rio de Janeiro: Galera Record, 2014.
(O diário da princesa; 6)

Tradução de: Princess in training
Sequência de: Princesa de rosa-shocking
Continua com: Princesa na balada

ISBN 978-85-01-07477-5

1. Meninas — Conduta — Literatura juvenil. 2. Escolas secundárias — Literatura juvenil. I. Ban, Ana. II. Título. III. Série.

05-4117

CDD — 028.5
CDU — 087.5

Título original inglês:
PRINCESS IN TRAINING

Copyright © 2005 by Meggin Cabot

Todos os direitos reservados. Proibida a reprodução, no todo ou em parte, através de quaisquer meios.

Design de capa adaptado do projeto de Ray Shappell para Harper Collins Publishers.

Este livro foi revisado segundo o novo Acordo Ortográfico da Língua Portuguesa.

Direitos exclusivos de publicação em língua portuguesa somente para o Brasil adquiridos pela
EDITORA RECORD LTDA.
Rua Argentina 171 — Rio de Janeiro, RJ — 20921-380 — Tel.: 2585-2000
que se reserva a propriedade literária desta tradução.

Impresso no Brasil

ISBN 978-85-01-07477-5

Seja um leitor preferencial Record.
Cadastre-se e receba informações sobre nossos lançamentos e nossas promoções.

Atendimento e venda direta ao leitor:
mdireto@record.com.br ou (21) 2585-2002.

EDITORA AFILIADA

*Para minha sobrinha,
Madison B. Cabot,
princesa em treinamento*

Agradecimentos

Muito obrigada a Beth Ader, Jennifer Brown, Barb Cabot, Laura Langlie, Abigail McAden e, especialmente, a Benjamin Egnatz.

*"Ela será mais princesa do que jamais foi...
150 vezes mais."*

A PRINCESINHA
Frances Hodgson Burnett

AEHS
Albert Einstein High School

HORÁRIO DAS AULAS DO SEMESTRE

Aluno: Thermopolis, Sua Alteza Real Princesa Amelia Mignonette Grimaldi Renaldo
Sexo: F
Ano: Segundo do Ensino médio

Período:	Disciplina:	Professor:	Sala nº:
Sala de estudos		Gianini	110
1º tempo	Educação Física	Potts	Ginásio
2º tempo	Geometria	Harding	202
3º tempo	Inglês	Martinez	112
4º tempo	Francês	Klein	118
Almoço			
5º tempo	Superdotados & Talentosos	Hill	105
6º tempo	Governo dos EUA	Holland	204
7º tempo	Ciências da Terra	Chu	217

AEHS

Caros pais e alunos,
Bem-vindos à escola depois do que, espero, tenham sido férias de verão relaxantes, porém intelectualmente estimulantes. O corpo docente e os funcionários da AEHS estão felizes por dar início a mais um ano emocionante e produtivo. Tendo isso em mente, gostaríamos de compartilhar os seguintes lembretes de conduta:

Barulho
Favor observar que a Albert Einstein High School localiza-se em uma comunidade residencial — ainda que vertical. É importante lembrar-se de que o ruído sobe, e que qualquer barulho excessivo — principalmente nos degraus da frente da escola — pode incomodar nossos vizinhos e não será tolerado. Isso inclui gritos, berros, gargalhadas esganiçadas ou explosivas, música e cantos/batuques ritualísticos. Favor respeitar nossos vizinhos e manter o nível de ruído ao mínimo.

Desfiguração

Apesar de isto com frequência ser mencionado como "tradição" do primeiro dia de aulas da Albert Einstein High School, os alunos estão expressamente proibidos de desfigurar, decorar ou lançar mão de qualquer forma de alteração da estátua de leão, também chamada de "Joe", que fica na entrada da Albert Einstein High School, na East 75th Street. Câmeras de vigilância 24 horas foram instaladas, e todo aluno que for pego dilapidando de qualquer modo a propriedade da escola estará sujeito a expulsão e/ou multas.

Fumo

Foi trazido à atenção desta diretoria que, no ano passado, um grande número de guimbas de cigarro era varrido diariamente dos degraus da entrada na 75th Street. Além de o fumo ser estritamente proibido na área da escola, as guimbas de cigarro são desagradáveis ao olhar além de representarem perigo como possíveis causadoras de incêndio. Favor observar que todo estudante que for pego fumando, seja por um funcionário ou pelo novo sistema de vigilância por câmera, estará sujeito a suspensão e/ou multas.

Uniformes

Favor observar que os uniformes deste ano da AEHS incluem:

Alunas:

Camisa branca de manga curta ou comprida

Suéter ou colete cinza

Saia de pregas xadrez azul e dourada ou calça social cinza de flanela

Meias azuis ou brancas até o joelho ou meias-calças azuis, pretas ou cor da pele

Gravata xadrez azul e dourada

Blazer azul-marinho

Alunos:

Camisa branca de manga curta ou comprida

Suéter ou colete cinza

Calça social cinza de flanela

Meias azuis ou pretas

Gravata xadrez azul e dourada

Blazer azul-marinho

Favor observar que o uso de calções — inclusive os *shorts* regulamentares de educação física ou os calções das equipes esportivas — por baixo da saia está proibido.

Lembrem-se de que as aulas começam no dia seguinte ao Dia do Trabalho, terça-feira, dia 8 de setembro, às 7h55. Como sempre, atrasos não serão tolerados.

Bem-vindos mais uma vez!
Diretora Gupta

Segunda-feira, 7 de setembro, Dia do Trabalho

WomynRule: Você VIU??? Você recebeu aquele lixo hipócrita que ela mandou na semana passada? Quem ela acha que engana com aquilo? Está na cara que aquela parte dos cantos ritualísticos foi direcionada a MIM. Só porque eu organizei algumas manifestações estudantis no ano passado. Já que é assim, a gente vai mostrar para ela. Ela pode até achar que pode calar a voz do povo, mas o corpo estudantil da Albert Einstein High NÃO vai se intimidar.

FtLouie: Lilly, eu...

WomynRule: Você leu aquela parte das câmeras de vigilância???? Você já OUVIU alguma coisa mais fascista? Bom, ela pode instalar todas as câmeras de vigilância que quiser, mas isso não vai ME fazer parar. Esse é só mais um exemplo de como ela está transformando a escola, aos poucos, em sua própria ditadura acadêmica. Você sabe que usavam câmeras de vigilância na Rússia comunista para manter o proletariado na linha, não é? Fico aqui pensando o que ela vai aprontar depois disso. Quem sabe vai contratar uns ex-militantes da KGB para inspetores? Eu não duvido mesmo. Isso é uma invasão total da nossa privacidade. É por isso que, neste ano, PDG, nós vamos resolver tudo por conta própria. Tenho um plano...

FtLouie: Lilly...

WomynRule: ...que vai acabar completamente com as tentativas dela de fazer com que deixemos de ter vontade própria e façamos tudo o que ela quiser. E o melhor de tudo é que esse plano respeita todos os regulamentos da escola. Quando terminarmos, Mia, ela nem vai saber o que caiu em cima da cabeça dela.

FtLouie: LILLY!!! Eu achei que o objetivo das mensagens instantâneas era poder CONVERSAR.

WomynRule: Mas não é isso que a gente está fazendo?

FtLouie: VOCÊ está. Eu estou TENTANDO. Mas você fica me interrompendo.

WomynRule: Tudo bem. Pode falar. Sobre o que você quer conversar?

FtLouie: Agora eu não lembro mais. Você me fez esquecer. Ah, tem uma coisa: para de me chamar de PDG.

WomynRule: DESCULPA. Caramba. Sabe, desde que aquele seu irmãozinho nasceu, você ficou tão... sensível.

FtLouie: Dá licença? Eu SEMPRE fui sensível.

WomynRule: Pode falar de novo, BDB. Você não quer saber qual é o meu plano?

FtLouie: Acho que sim. Espera aí. O que é BDB?

WomynRule: Você sabe.

FtLouie: Não, não sei.

WomynRule: Sabe, sabe sim... babona de bebê.

FtLouie: **PARA COM ISSO!!! EU NÃO SOU UMA BABONA DE BEBÊ!!!**

WomynRule: É sim. Igualzinho àquela panda vermelha.

FtLouie: Só porque eu não achei apropriado minha mãe levar um recém-nascido de seis semanas a uma passeata pela paz pela ponte do Brooklyn, isso não quer dizer que eu sou uma babona de bebê!!!! Podia ter acontecido QUALQUER COISA durante aquela passeata. QUALQUER COISA. Ela podia ter tropeçado sem querer e derrubado o bebê, e ele podia ter quicado na grade de segurança e caído dezenas de metros até o rio East e morrido afogado... isso se a queda não tivesse esmigalhado todos os ossinhos dele antes disso. E mesmo que eu mergulhasse atrás dele, nós dois poderíamos ter sido arrastados pela correnteza até o mar... AH, MUITO OBRIGADA, LILLY!!! Por que você tinha de me lembrar disso?

WomynRule: Lembra do que o tratador do zoológico teve de fazer com a panda vermelha?

FtLouie: CALA A BOCA!!!! NINGUÉM VAI LEVAR MEU IRMÃO-ZINHO EMBORA PORQUE EU SOU UMA BABONA!!! EU NUNCA BABEI EM CIMA DO ROCKY!!!!

WomynRule: É, mas precisa reconhecer que você é um pouco obsessivo-compulsiva em relação a ele.

FtLouie: Bom, ALGUÉM precisa se preocupar com ele! Quer dizer, entre a minha mãe que quer arrastar o coitado para todos os tipos de locais inapropriados como passeatas contra a guerra — às vezes ela até o leva ao METRÔ que, como você bem sabe, está infestado de germes — e o Sr. G que fica jogando o bebê para cima e fazendo a cabeça dele bater no ventilador de teto, sinceramente, acho que Rocky tem SORTE de ter uma irmã mais velha como eu, que cuida do bem-estar dele, já que só Deus sabe que ninguém mais na família faz isto.

WomynRule: Tanto faz... sua babona de bebê.

FtLouie: CALA A BOCA, LILLY. Conta logo o seu plano idiota.

WomynRule: Não, não quero mais contar. Acho que é melhor você não saber. Provavelmente é melhor que babonas de bebês como você, que se preocupam demais, não fiquem sabendo das coisas com muita antecedência, já que isto pode fazer com que você fique ainda mais babona.

FtLouie: Tudo bem. Eu não tenho tempo para ouvir o seu plano idiota mesmo. O seu irmão está no telefone. Preciso ir.

WomynRule: O QUÊ? Manda ele esperar. É IMPORTANTE, MIA!

FtLouie: Pode parecer uma surpresa para você, Lilly, mas falar com o seu irmão também é importante. Pelo menos para mim. Você sabe que só nos vimos duas vezes desde que eu voltei na sexta...

WomynRule: Desculpe por ter chamado você de babona de bebê. Só espera um minuto para eu falar...

FtLouie: E como no sábado foi o dia de mudança para o alojamento, nem conta, porque ele estava todo suado por carregar aquela minigeladeira escada acima depois que o elevador quebrou...

WomynRule: MIA, PELO MENOS VOCÊ ESTÁ OUVINDO O QUE EU ESTOU DIZENDO?

FtLouie: E os seus pais estavam lá, além do conselheiro residente dele. E então, no domingo, a gente saiu, mas eu ainda estava desacostumada com o fuso horário e, sem querer...

WomynRule: EU...

FtLouie: ... eu caí no sono enquanto ele me mostrava o...

WomynRule: VOU...

FtLouie: ... o *magic deck* novo dele, já que Maya jogou o outro que ele tinha fora...

WomynRule: TE...

FtLouie: ...e ficou tudo misturado com as cartas que ele não usa mais...

WomynRule: MATAR!

FtLouie: log-off

Segunda-feira, 7 de setembro, Dia do Trabalho, 10 da noite, no loft

Mais um ano letivo. Eu sei que deveria estar animada. Eu sei que deveria estar vibrando com a perspectiva de ver meus amigos de novo, depois de passar dois meses em solo estrangeiro.

E estou. *Estou* animada. Estou animada para ver Tina e Shameeka e Ling Su e até — não acredito que vou dizer isto — Boris.

É só que, bom, vai ser tudo tão DIFERENTE este ano, sem Michael para pegar a caminho da escola, para sentar comigo na hora do almoço e para dar uma passada na sala antes da aula de álgebra — ECA! Também não vai ter álgebra este ano! Geometria! Ai meu Deus. Bom, vou deixar para pensar sobre este assunto mais tarde. Mas o Sr. Gianini (FRANK, PRECISO ME LEMBRAR DE QUE DEVO CHAMÁ-LO DE FRANK) diz que quem se dá mal em álgebra sempre se dá superbem em geometria. Por favor, por favor, que seja verdade.

E, tudo bem, até parece que Michael e eu ficávamos nos agarrando na frente do meu armário ou qualquer coisa assim, tanto pela falta de entusiasmo dele por exibições públicas de afeição quanto pela existência de meu guarda-costas e tudo o mais.

Mas, pelo menos, como sempre havia a chance de esbarrar com Michael no corredor a qualquer momento, eu tinha alguma coisa *boa* me esperando na escola.

E agora, como Michael se formou, não tem *nada* de bom na escola. *Nada.*

Só posso esperar que chegue o fim de semana.

Mas quanto tempo será que Michael vai ter para passar comigo no fim de semana? Porque, agora que ele está na faculdade, tem tanta lição de casa que não vai ter como a gente se ver à noite durante a semana — não que, com as minhas obrigações de princesa e minha PRÓPRIA lição de casa, eu fosse ter tempo para isso. Mas, mesmo assim. Parece que...

Caramba, qual é o PROBLEMA da minha mãe? Rocky está lá chorando faz o quê? QUINZE MINUTOS, e ela não faz NADA. Fui até a sala e lá estava ela com o Sr. G, sentada no sofá assistindo a *Law and Order*, e eu fiquei, tipo: "Acorda, o seu filho está chamando", e minha mãe, sem nem tirar os olhos da TV, respondeu: "Ele só quer chamar a atenção. Daqui a um minuto ele se acalma e dorme".

Mas que tipo de compaixão maternal é ESSA? Lilly pode me chamar de babona de bebê o quanto quiser, mas será que é mesmo surpreendente eu ser desajustada do jeito que sou se este é um exemplo de como a minha mãe me tratava quando *eu* era bebê?

Então eu entrei no quarto todo amarelão do Rocky e cantei uma das músicas preferidas dele — "Behind Every Good Woman", da Tracy Bonham — e ele logo se acalmou.

Mas por acaso alguém me agradeceu? Não! Eu saí do quarto dele e minha mãe até olhou para mim (só porque estava no intervalo) e falou, toda sarcástica: "Obrigada, Mia. A gente está tentando fazer com que ele entenda que quando deitamos ele no berço, ele tem de dormir. Agora ele vai ficar achando que é só chorar que alguém vai lá cantar uma música para ele. Eu tinha conseguido acabar com isso enquanto você estava na Genovia no verão, e agora vamos ter de começar tudo de novo."

Bom, PARA TUDO! Posso ser uma babona de bebê, mas será que é mesmo um crime tão grave ter compaixão pelo meu único irmão? CARAMBA!

Vamos ver. Onde eu estava mesmo?

Ah sim. Na escola. Sem Michael.

Fala sério: para que serve isso tudo? Quer dizer, é, eu sei que a gente tem de ir à escola para aprender coisas e tal. Mas aprender coisas era bem mais divertido quando eu tinha a oportunidade de ver Michael perto do bebedouro ou qualquer coisa assim. E agora eu não tenho absolutamente nada desse tipo a me esperar até que chegue sábado e domingo. Não estou dizendo que não vale a pena viver sem Michael, nem nada disso. Mas tenho de confessar que, quando ele está por perto, ou quando existe pelo menos uma CHANCE de que esteja, TUDO fica muito mais interessante.

O único ponto positivo do que parece ser um ano letivo totalmente desprovido de coisas interessantes é a aula de inglês. Porque nossa professora, a Srta. Martinez, parece de fato ser uma entusiasta da matéria. Pelo menos este recado que ela mandou para todos nós no mês passado faz a gente pensar assim:

AEHS

Carta a todos os integrantes da turma de inglês da Srta. Martinez do segundo ano do ensino médio:

Olá!
Espero que vocês não se importem de receber um recado meu antes de o novo ano letivo começar, mas como sou a mais nova professora na equipe da AEHS, eu queria me apresentar, além de ter a oportunidade de conhecê-los todos.

Meu nome é Karen Martinez, e obtive o mestrado em Literatura Inglesa pela Universidade de Yale no primeiro semestre deste ano. Entre meus *hobbies* estão andar de patins, praticar *tae bo*, visitar todos os lugares maravilhosos de Nova York e ler (é claro!) clássicos da literatura, como *Orgulho e preconceito*.

Espero conhecer melhor cada um de vocês este ano e, para me ajudar nessa tarefa, peço que todos os meus alunos tragam à primeira aula uma pequena biografia por escrito, além de uma pequena redação (com no máximo 500 palavras) a respeito do que vocês aprenderam durante as férias de verão. Como vocês sabem, as lições de vida não tiram férias durante os meses de verão!

Sinto muito por já estar passando lição de casa antes mesmo de as aulas começarem, mas garanto que isso vai me ajudar a transformá-los em excelentes escritores!

Muito obrigada, e aproveitem o resto do verão!

Com meus sinceros cumprimentos,
K. Martinez

Com toda a certeza, a Srta. Martinez é extremamente dedicada a seu trabalho. Já estava na hora de a AEHS arrumar uns professores que se importem de fato com os alunos — tirando o Sr. G, é claro.

Quer dizer, Frank.

Estou especialmente animada porque a Srta. Martinez é a nova conselheira do jornal da escola, de cuja equipe faço parte. Só de ver como eu e a Srta. Martinez temos coisas em comum — eu gostei muito de *Orgulho e preconceito*, principalmente da versão com o Colin Firth, e tentei andar de patins uma vez —, acho que vou me beneficiar muito dos ensinamentos dela. Quer dizer, pelo fato de eu ser aspirante a escritora e tudo o mais, é muito importante que meu talento seja moldado de maneira adequada, e eu tenho certeza de que a Srta. Martinez vai ser o Sr. Miyagi do meu *Karate Kid* — no sentido da escrita. Não, no sentido do caratê, é óbvio.

Mesmo assim, é difícil saber o que escrever na minha biografia, isso sem falar na redação sobre o que eu aprendi neste verão. Tipo, o que eu vou escrever? "Oi, meu nome é Sua Alteza Real Princesa Amelia Mignonette Grimaldi Thermopolis Renaldo. Você já deve ter ouvido falar de mim, pois já fizeram dois filmes baseados na minha vida."

Mas, para falar a verdade, esses dois filmes aí tomaram muitas liberdades em relação aos fatos. Já foi bem ruim no primeiro, quando disseram que meu pai tinha morrido e fizeram Grandmère superlegal e tudo o mais. Depois, no último, eu terminava com Michael! Até parece que *isto* vai acontecer. Foi uma projeção totalmente a cargo do estúdio de produção, eu acho, para deixar a história mais animada, ou alguma coisa assim. Como se a minha vida não fosse animada o bastante sem a ajuda de Hollywood.

Se bem que até tenho muita coisa a ver com aquele tal de Aragorn de *O retorno do rei*. Quer dizer, jogaram o manto da soberania em cima de nós dois. Eu gostaria muito mais de ser uma pessoa normal do que ser a herdeira de um trono. E meio que achei que Aragorn sentia a mesma coisa.

Não que eu não ame a terra que um dia governarei. É que acho muito chato mesmo ter de passar a maior parte do verão com meu pai e minha avó quando GOSTARIA de passá-lo com o meu irmãozinho bebê, isso sem falar no meu NAMORADO, que vai para a FACULDADE no outono.

Não que, sabe, Michael vá se MUDAR para ir para a faculdade nem nada; ele vai estudar em Columbia, que fica bem em Manhattan, apesar de ser bem ao norte, muito mais ao norte do que eu costumo ir, tirando aquela vez em que fomos na casa da Sylvia para comer frango frito e *waffles*.

Bem, escrevi a biografia a seguir para a Srta. Martinez enquanto ainda estava na Genovia, na semana passada. Espero que, quando ela ler, sinta na minha prosa a alma de uma colega amante da escrita.

Do Gabinete da
Princesa Amelia Renaldo

MINHA BIOGRAFIA
por Mia Thermopolis

Meu nome é Mia Thermopolis. Tenho 15 anos, sou de Touro, sou a herdeira do trono do principado de Genovia (população de 50 mil habitantes) e meus passatempos incluem ser ensinada pela minha avó a ser uma princesa; assistir à TV; comer fora (ou pedir comida em casa); ler; trabalhar no jornal da AEHS, *O Átomo*; e escrever poesia. Minha aspiração profissional futura é ser escritora e/ou tratadora de cães de salvamento (tipo, quando tem um terremoto, para ajudar a encontrar as pessoas embaixo dos destroços).

No entanto, parece que eu vou ter de me contentar em ser Princesa da Genovia (PDG).

Essa foi a parte fácil, mesmo. A parte difícil foi decidir o que escrever a respeito do que aprendi nas férias de verão. Quer dizer, o que eu aprendi DE VERDADE? Passei a maior parte do mês de junho ajudando minha mãe e o Sr. G a se adaptarem a ter um bebezinho em casa — o que foi uma transição muito difícil para eles, já que durante muitos anos todos os moradores da nossa residência foram inteiramente bípedes (sem contar o meu gato, Fat Louie). A introdução de um membro da família que — talvez durante um ano ou mais — vai se locomover na maior parte do tempo engatinhando, fez eu tomar enorme consciência de que o ambiente em que vivemos é completamente perigoso para bebês... mas parece que minha mãe e o Sr. G não se incomodaram muito com isso.

E foi por isso que precisei pedir a Michael para me ajudar a instalar tampas de segurança em todas as tomadas, e travas antibebê em todas as gavetas baixas dos armários — uma coisa de que minha mãe não gostou muito, porque agora ela tem dificuldade para pegar o secador de salada.

Mas um dia ela ainda vai me agradecer, quando perceber que é só por minha causa que Rocky não se meteu em nenhuma espécie de acidente destruidor com secadores de salada.

Quando não estávamos ocupados fazendo do *loft* um lugar seguro para bebês, Michael e eu não fazíamos muita coisa. Quer dizer, tem muita coisa para um casal profundamente apaixonado fazer em Nova York durante o verão: andar de barco no lago do Central Park, passear de carruagem pela Quinta Avenida, visitar museus e apreciar lindas obras de arte, ir à ópera a céu aberto, jantar em cafés com mesinhas do lado de fora em Little Italy etc.

No entanto, todas essas coisas podem sair bem caras (a menos que a gente aproveite as taxas de estudantes), menos aquela coisa da ópera no parque, que é de graça, mas a gente precisa chegar lá tipo às oito da manhã para pegar lugar e tem um monte de gente que gosta de ópera que é muito ligada nessa coisa de território e começa a gritar com você se o seu cobertor encostar no delas sem querer. E, além disso, todo mundo nas óperas sempre morre, e eu detesto isso tanto quanto detesto o negócio do cobertor.

E, apesar de eu ser uma princesa de verdade, ainda assim sou muito limitada no departamento financeiro, porque meu pai me dá uma mesada absurda de tão pouca de vinte dólares por semana, na esperança de que eu não me transforme em uma baladeira (tipo umas *socialites* que eu poderia mencionar) se não tiver renda suficiente para gastar em coisas como minissaias de borracha e heroína.

E, apesar de Michael ter conseguido um emprego de verão na loja da Apple, no SoHo, ele está economizando todo o dinheiro que tem para comprar uma cópia do Logic Platinum, o programa de computador de música, para que possa continuar a compor, apesar de a banda dele, a Skinner Box, estar vivendo um hiato devido ao fato de seus membros terem se espalhado por todo o país para frequentar faculdades e clínicas de recuperação. Ele também quer um Cinema HD, um monitor de tela plana de 23 polegadas para usar com o Power Mac G5 que ele também espera comprar, e pode conseguir tudo isso com o desconto de funcionário, mas todas essas coisas juntas vão custar o mesmo que um único patinete motorizado da Segway, que eu ando pedindo para o meu pai já faz um tempo, mas sem resultado.

Além disso, não é muito divertido passear pelo Central Park com o seu namorado e O SEU GUARDA-COSTAS.

Então, na maior parte do tempo, quando não estávamos em casa instalando proteções para bebê, passamos o mês de junho na casa de Michael, já que assim Lars podia ficar assistindo à ESPN ou conversando com os Drs. Moscovitz, quando não estavam com pacientes ou na casa de campo deles em Albany, enquanto Michael e eu nos concentrávamos no que era realmente importante: ficar nos agarrando e jogar o máximo humanamente possível de Rebel Strike antes de sermos cruelmente separados pelo meu pai no dia 1º de julho (que pelo menos já foi um avanço em relação à PPG — partida para a Genovia — no dia 1º de junho, a que ele tentou me forçar inicialmente).

Infelizmente, aquele dia sombrio chegou rápido demais, e eu fui forçada a passar os últimos meses de verão na Genovia, onde salvei a baía (pelo menos, se tudo ocorrer conforme o planejado) de ser tomada por algas assassinas que foram jogadas no mar Mediterrâneo pelo Museu & Aquário Oceanográfico do principado vizinho, Mônaco (apesar de eles negarem. Assim como negam que a Princesa Stephanie estava dirigindo o carro quando ela e a mãe dela caíram no penhasco. Tanto faz.).

E este foi o assunto sobre o qual eu resolvi escrever. Para a Srta. Martinez, quer dizer. Sabe como é, a respeito de como eu ordenei (e encarreguei ao gabinete do Ministério da Defesa da Genovia), bem sorrateira, que liberassem dez mil lesmas marinhas *Aplysia depilans* na baía da Genovia, depois de ler na internet que elas são o único inimigo natural da alga assassina.

Sinceramente não sei por que todo mundo ficou tão bravo por causa disso. As algas estavam acabando com a vegetação marinha que sustenta centenas de espécies naquela baía! E aquelas lesmas são tão tóxicas quanto as algas, então até parece que alguma coisa vai se alimentar delas e causar desequilíbrio na cadeia alimentar. Elas vão morrer naturalmente assim que sua fonte de nutrientes — as algas — tiverem desaparecido. E daí a baía vai voltar ao normal. Então, qual é o problema?

Fala sério, parece que eles não acham que eu pensei em tudo isso antes de tomar uma atitude. Parece até que as pessoas não percebem que eu não sou uma adolescente normal, que só se preocupa com festas e *Jackass*, mas que de fato sou Superdotada, além de Talentosa. Bom, mais ou menos.

Mas deixei de fora da redação a parte sobre como todo mundo ficou louco da vida com as lesmas. Mesmo assim, estou certa de que a Srta. Martinez vai ficar impressionada. Quer dizer, usei muitas alusões literárias e tal. Quem sabe, com o apoio dela, eu até consiga escrever algo além do cardápio da cantina no jornal da escola este ano! Ou comece a escrever um romance e consiga que seja publicado, igual àquela menina sobre quem li no jornal, que escreveu aquele livro contundente dedurando tudo que os colegas dela faziam na escola, e daí ninguém mais quis falar com ela e ela precisou estudar pela internet ou alguma coisa assim.

Bom, para falar a verdade, acho que eu não ia gostar muito disso, não.

Mas eu não ia me importar nem um pouco se nunca mais tivesse de escrever sobre petiscos de frango.

Ah, não, Lilly está me mandando mensagem instantânea de novo. Será que ela não se liga que já passa das onze? Preciso dormir para ficar bem bonita para...

Dãh. Eu ia dizer para Michael. Mas a gente nem vai se encontrar na escola amanhã.

Então, por que eu precisaria me preocupar com a minha aparência?

FtLouie: O que você quer?

WomynRule: Meu Deus, mas que sensibilidade! Você já terminou de falar com o meu irmão?

FtLouie: Terminei.

WomynRule: Vocês dois me deixam enjoada. Você sabe disso, não é mesmo?

Coitada da Lilly. Ela e Boris ficaram juntos tanto tempo que ela ainda não se acostumou a não ter um namorado que liga para dar boa-noite. Não que Michael estivesse indo para a cama quando ligou, mas ele sabia que eu estava. Michael não precisa dormir cedo porque, apesar de estar fazendo créditos de 18 horas neste semestre — para que possa se formar em três anos em vez de quatro e poder tirar um ano de folga antes de começar a pós-graduação e eu começar a faculdade, para podermos trabalhar juntos no Greenpeace salvando as baleias —, ele escolheu de propósito só aulas que começam às dez para poder dormir até mais tarde.

É preciso admirar um homem que tem capacidade de fazer planos assim com tanta antecedência. Eu mal consigo imaginar o que vou comer no almoço todo dia, então isso me impressiona muito.

Mas Michael é um excelente planejador. Ele só teria demorado meia hora para se mudar para o alojamento da Columbia no fim de semana (se os elevadores não tivessem quebrado), porque tudo já estava superorganizado. Eu fui com a família dele para ajudar, e para ver como era o quarto dele, e para, sabe, encontrar com ele pela primeira vez desde que eu tinha voltado da Genovia. Não sei quanto a Columbia cobra pelo alojamento estudantil, mas não fiquei muito impressionada. O quarto de Michael fica em um prédio cinzento e dá vista para um poço de ventilação.

Não que Michael dê a mínima. Ele só estava preocupado em ver se tinha *plugs* suficientes para a internet e o telefone. Nem olhou no banheiro para ver se tinha uma daquelas cortinas fedidas de vinil, ou então uma de borracha, ainda mais fedida (eu olhei para ele: borracha. Eca.).

Os meninos são mesmo muito esquisitos.

Eu não conheci o colega de quarto dele porque ele ainda não tinha se mudado, mas o aviso na porta dizia que o nome dele era Doo Pak Sun. Espero que o Doo Pak seja legal e não seja alérgico a pelo de gato nem nada. Porque eu pretendo passar MUITO TEMPO no quarto deles.

Mesmo assim, fico com pena da Lilly, por ela não ter um amor de verdade e tudo o mais, então achei que eu pudesse tentar animá-la.

FtLouie: Mas deve ser legal ter o apartamento inteiro só para você agora. Quer dizer, não foi isso que você sempre quis? Que Michael não estivesse aí para beber todo o suco de laranja e comer a caixa inteira de cereal?

WomynRule: Sei lá! De repente eu preciso fazer todas as MINHAS tarefas em casa, MAIS as do Michael. E quem você acha que vai ter que cuidar do Pavlov agora?

FtLouie: Até parece que o Michael não está te pagando.

WomynRule: Só vinte dólares por semana. Acorda, eu fiz as contas, e vi que isso dá só um dólar para cada pazada de cocô.

FtLouie: ESTA É UMA INFORMAÇÃO DE QUE EU NÃO PRECISO!!!!!!!!!!!!

WomynRule: Tanto faz. Aposto que você ADORA tirar o cocô do Fat Louie com uma pazinha.

FtLouie: O cocozinho do Fat Louie é uma graça, igualzinho a ele. O do Rocky também.

WomynRule: Hmm, e agora, quem é que está dando informação demais, hein, babona de bebê?

FtLouie: Vou preferir ignorar este comentário. Ei, você acha que aquela parte da carta da Diretora Gupta sobre a proibição de usar *shorts* por baixo da saia é porque Lana sempre usava o calção do uniforme de lacrosse de Josh por baixo da saia no ano passado? Sabe como é, só para mostrar que Josh era propriedade dela?

WomynRule: Não sei e não me importa. Olha, sobre amanhã...

FtLouie: O quê?

WomynRule: Nada, nada. Durma bem.

FtLouie:??????????????

WomynRule: log-off

Fala sério. Já dá para ver que este ano na escola não vai ser nada fácil, não mesmo.

Terça-feira, 8 de setembro,
Sala de Estudos

AI MEU DEUS.

Então, eu estava achando que ia ser deprimente voltar para cá. Quer dizer, porque a escola é mesmo a maior chatice de todas, mas sem Michael, vai ser uma chatice INFINITA.

E FOI meio triste parar o carro na frente do prédio da Lilly hoje de manhã e não ver Michael lá esperando por mim, com o pescoço todo cor-de-rosa por ter acabado de fazer a barba. Em vez disso, só Lilly estava lá, sem maquiagem, com dez mil presilhas no cabelo e óculos em vez de lentes de contato. Porque agora que Lilly perdeu o verdadeiro amor da vida dela para outra, ela nem se preocupa em se arrumar um pouco. Grandmère ficaria PASSADA.

E, acorda, eu tenho menos motivo ainda do que Lilly para me arrumar, mas pelo menos lavei o cabelo hoje de manhã. Quer dizer, eu ainda *tenho* namorado, só que agora ele estuda em outro lugar. A Lilly é quem ainda precisa conhecer o homem dos seus sonhos.

Que vai sair correndo dela do mesmo jeito que todo mundo fugiu do último disco da Britney se ela não TENTAR pelo menos ficar um pouco mais bonita.

Mas eu não falei isso para ela, porque não é o tipo de coisa que alguém esteja a fim de escutar logo pela manhã.

Além disso, como Lilly colocou, a primeira aula que temos é educação física. Por que tomar banho ANTES da educação física se vai ter de tomar banho logo depois?

O que é um bom motivo.

Só que eu fico achando que Lilly se arrependeu de ter resolvido não tomar um banho pré-educação física, porque, quando descemos da limusine na frente da escola, lá estava Tina Hakim Baba descendo da limusine DELA. E Tina ficou toda tipo: "Ah meu Deus! Como é bom ver vocês!", toda cuidadosa para não falar nada sobre os óculos nem sobre o cabelo da Lilly, e estávamos lá nos abraçando quando um cara veio andando e no começo eu fiquei toda tipo, *Uau, que cara gostosinho*, porque apesar de eu já estar comprometida, não estou MORTA, sabe como é, e ele era tão grande e alto e loiro e tudo...

... até que ele esticou o braço e pegou na mão da Tina e eu percebi que era BORIS PELKOWSKI!!!!!!!!!!!!!!!

BORIS PELKOWSKI FICOU GOSTOSO DEPOIS DO VERÃO!!!!!!!

Eu sei que parece uma insanidade completa, mas não tem mesmo nenhum outro jeito de dizer. Tina disse que o professor de violino do Boris disse para ele que teria mais ânimo e tocaria melhor se começasse a levantar peso, e então foi o que ele fez, e ele deve ter ganhado, tipo, uns 15 quilos de músculos puros e legítimos.

Além do que, ele fez cirurgia a *laser* para corrigir a miopia e não ter de ficar ajeitando os óculos enquanto toca. Fora isso, também se livrou do aparelho móvel e deve ter crescido, tipo, uns cinco centímetros ou talvez mais, porque agora ele está do tamanho do Lars e os ombros dele também estão quase tão largos quanto os do meu guarda-costas.

E mais, o cabelo dele está com uns reflexos loiros — Tina disse que é por causa do sol nos Hamptons.

Fala sério, parece que ele passou por uma "transformação" daqueles caras do *Queer Eye* ou algo assim.

Só que se esqueceram de falar para ele parar de enfiar o suéter para dentro das calças. Foi a única coisa que me fez reconhecê-lo. Bom, isso e o fato de ele continuar respirando pela boca. Fala sério, eu estava toda: "Oi, quem é... BORIS?"

Mas a MINHA surpresa não foi NADA comparada com a da LILLY! Ela ficou olhando para ele, tipo, durante um minuto inteiro até que ele falou assim: "Ah, ói para vocês" — até a VOZ dele mudou. Agora está meio que mais grossa, tipo a daquele garoto que faz o papel do Harry Potter no filme.

Quando Lilly ouviu, ela se virou e o reconheceu, e meio que ficou com a cara murcha...

...e simplesmente se dirigiu para a escola sem dizer uma única palavra.

Mas depois, quando eu a vi no banheiro logo antes do sinal tocar, ela tinha passado um pouco de brilho e colocado as lentes e tirado algumas das fivelas.

E assim que Lilly saiu, eu agarrei Tina e fiquei tipo assim: "MEU DEUS, O QUE VOCÊ FEZ COM BORIS????", mas em um cochicho no ouvido dela, porque eu não queria que Boris escutasse.

Mas Tina jura que não teve nada a ver com isso. Além do mais, disse para não falar sobre o assunto com Boris, porque ele ainda não percebeu, não mesmo, que está gostoso. Tina está tentando impedir que ele descubra sua recém-adquirida gostosura porque tem medo de que a largue e troque por alguma menina magra.

Só que Boris nunca faria nada desse tipo, porque dá para ver o brilho do amor por Tina nos olhos dele toda vez que se vira para ela. Principalmente agora que ele não usa mais aquelas lentes grossas.

Caramba! Quem poderia adivinhar que uma pessoa pode ser capaz de se transformar tão completamente em alguns poucos meses?

Mas, pensando bem, Tina pode ter razão porque, como o pessoal do último ano do ano passado não está mais aí, tem UM MONTE de meninas totalmente lindas sem namorado agora. Tipo Lana Weinberger, por exemplo. Não que eu ache que Boris ALGUM DIA fosse ficar a fim da Lana, mas eu vi direitinho quando ela fez aquele sinal com o dedinho do tipo *Ei! Vem aqui* quando estava no bebedouro, antes de perceber quem ele era e, em vez de estar chamando Boris, fingiu que estava enfiando o dedo na garganta para vomitar por ter visto ele ali.

Então, acho que ALGUMAS pessoas não mudaram durante o verão.

Shameeka disse que ouviu dizer que Lana e Josh estão totalmente separados. Parece que o amor deles não conseguiu sobreviver ao teste da distância, já que Lana passou o verão na casa de praia da família dela no East Hampton e Josh ficou em Southamptom, e os seis quilômetros entre eles foi demais, principalmente porque ele ia estudar em Yale no outono e os biquínis fio dental fizeram muito sucesso em Long Island neste verão.

Sinto muito. Seis quilômetros não é nada. Imagine SEIS MIL. Esta é a distância de Genovia a Nova York, e Michael e eu, mesmo assim, conseguimos superar o verão.

Coitada, coitada da Lana. Tenho tanta pena dela... DE JEITO NENHUM. Pela primeira vez na vida, eu tenho namorado e Lana não tem. Não é digno de uma princesa ficar toda feliz com a desgraça dos outros, mas... BEM FEITO!

Outro ponto positivo de Josh não estar mais aqui é que agora eu posso DE FATO mexer no meu armário, porque no ano passado ele e Lana ficavam o tempo todo esparramados por cima dele com a língua enfiada na boca um do outro.

Mas preciso dizer que o cara que ficou com o armário do Josh é bem bonitinho. Deve ser estudante de intercâmbio, porque eu nunca o vi antes. Mas não deve ser calouro porque dá para ver que já faz a barba. Às oito da manhã. Além disso, quando disse: "Desculpe", depois de derrubar um pouco de seu café com leite grande na minha bota enquanto tentava enfiar uma sacola de ginástica no armário, tinha um sotaque totalmente sul-americano, tipo o daquele cara com que Audrey Hepburn ia fugir naquele filme *Bonequinha de luxo* antes de recobrar a razão (ou perder a cabeça, na opinião de Grand-mère).

Mas que CHATICE, ficar aqui sentada ouvindo um aviso atrás do outro. Hoje à tarde vai ter uma assembleia, então o sétimo tempo vai ser mais curto. E daí? O Sr. G (FRANK. FRANK.) parece tão cansado quanto eu. Juro, eu amo Rocky com cada fibra do meu ser — quase tanto quanto eu amo Fat Louie —, mas que pulmões tem aquela criança! Fala sério, ele NÃO vai parar de berrar a menos que alguém cante para ele.

O que é bom quando a gente está acordada, porque desde que eu assisti a *Crossroads — Amigas para sempre*, fiquei meio preocupada, sabe como é, sobre o que eu vou cantar se algum dia tiver de participar de um *karaoke* para pagar o hotel em uma viagem, então a obsessão que Rocky tem pela música apresenta boas oportunidades de treino. Acho que estou ficando boa em "Milkshake", e agora estou trabalhando em "Man! I Feel Like a Woman", da Shania Twain.

Mas quando ele começa com a choradeira no meio da noite... nossa. Eu o amo, mas mesmo eu, a babona de bebê — e é uma TREMENDA sacanagem da Lilly me chamar assim, porque eu NÃO fiz todo o pelo do Rocky cair com tanta baba como aquela panda vermelha do *Animal Planet* fez com o filhote dela —, só tenho vontade de colocar um travesseiro em cima da cabeça e ignorar.

Só que não dá. Porque todo mundo no *loft* faz exatamente isso. Por causa da teoria da minha mãe de que ele está ficando mimado, por pegá-lo no colo e cantar para ele toda vez que chora.

Mas minha teoria é de que ele não ficaria chorando se não tivesse alguma coisa errada. Tipo, e se o cobertor dele se enroscou em volta do pescoço e ele está se SUFOCANDO???? Se ninguém for dar uma olhada, ele pode estar MORTO pela manhã.

Então eu tenho de me arrastar para fora da cama e cantar a música mais rápida que eu conheço para ele — "Yes U Can", da Jewel — e assim que ele volta a dormir, eu volto para o meu quarto e tento cair no sono antes que ele comece de novo...

AAAAH! Meu celular acabou de tocar! É uma mensagem do Michael!

BOA SORTE HOJE. COM AMOR, M

Ele acordou cedo só para me desejar boa sorte!!! Será que EXISTE um namorado melhor do que ele?

Terça-feira, 8 de setembro, Educação Física

Eu entendo que a obesidade é epidêmica nos Estados Unidos e tudo o mais. Sei que o norte-americano médio tem em média cinco quilos a mais do que deveria ter de acordo com seu índice de massa corporal, e que todos precisamos caminhar mais e comer menos.

Mas, fala sério, será que esta é uma desculpa boa o bastante para obrigar adolescentes a TROCAR DE ROUPA, sem falar em TOMAR BANHO, umas na frente das outras? Acho que não.

Tipo, até parece que já não basta ter de FAZER educação física. E como se não bastasse, ainda tem de ser A PRIMEIRA COISA QUE EU FAÇO DE MANHÃ. E, além disso, eu tenho de FICAR PELADA NA FRENTE DE PESSOAS PRATICAMENTE DESCONHECIDAS.

Só pra completar, eu também tenho de fazer isso na frente da *Miss* Lana Weinberger. Que por acaso também faz educação física no primeiro tempo.

E que tomou a liberdade de comentar, na frente de todo mundo, enquanto estávamos vestindo o uniforme de educação física logo antes da aula, que "gostou muito" da minha calcinha da rainha Amidala — que eu só usei para ter sorte no primeiro dia de volta às aulas, apesar de parecer que ela não funciona mais —, em um tom sugerindo que ela não tinha gostado nadinha do figurino.

E daí ela quis saber se a Genovia estava passando por uma crise econômica, já que a realeza do país parecia comprar roupa em lojas de departamento. Como se todas nós tivéssemos dinheiro para só comprar calcinha na Agent Provocateur, como a Lana e Britney Spears!

Eu odeio essa garota.

Lilly disse para eu não me preocupar com isso. Que Lana logo "vai receber o que merece".

Seja lá o que isso quer dizer.

Terça-feira, 8 de setembro, Inglês

M — Nossa, mas ela não podia ser mais linda! — Tina

É verdade! Quando foi a última vez que tivemos uma professora que não usava calças de veludo cotelê?

Com certeza! E o cabelo dela! Aquela viradinha que ele faz nas pontas!

Ah, é exatamente assim que quero meu cabelo. Igual ao da Chloe de *Smallville*.

É mesmo! E os óculos dela?

De gatinho! Com pedrinhas! Será que ela podia ser mais Karen O?

Quem é Karen O?

A vocalista dos Yeah Yeah Yeahs.

Ah, sei. Eu estava pensando na Maggie Gyllenhall.

Acho que escreve Gylenhaal.

Acho que talvez seja Gellynhaal.

AH MEU DEUS, SUAS IDIOTAS, É GYLLENHAAL! SERÁ QUE VOCÊS DUAS PODEM PARAR DE PASSAR BILHETINHOS E PRESTAR ATENÇÃO, DROGA? VOCÊS QUEREM AFASTAR A ÚNICA PROFESSORA QUE FINALMENTE PODE SE REVELAR CAPAZ DE NOS ENSINAR ALGUMA COISA ÚTIL????? — L

O que Lilly tem hoje?

Hmm. Não sei exatamente. TPM?

Ah, claro. Aliás, foi o irmão da Maggie que saiu com a Kirsten Dunst, certo?

CERTO!

Que fofo!!!!!!!!!!

Terça-feira, 8 de setembro, Geometria

Certo.
   Eu consigo fazer isso. Mole, mole.

Conversão:
A conversão de uma afirmação condicional é formada pelo intercâmbio entre sua hipótese e sua conclusão.

Contraposição:
A contraposição de uma afirmação condicional é formada pelo intercâmbio entre sua hipótese e sua conclusão, e depois pela negação de ambas.

Inversão:
A inversão de uma afirmação condicional é formada pela negação de sua hipótese e de sua conclusão.

Portanto:
Equivalente lógico:
Uma afirmação condicional: a → b
A contraposição da afirmação: não a → não b

Equivalente lógico:
A conversão da afirmação: b → a
A inversão da afirmação: não a → não b

Desculpe. O QUÊ?

Certo, mais uma vez, eu comprovo que sou a exceção à regra. Se as pessoas que são ruins em álgebra devem ser melhores em geometria, então eu deveria ser o Stephen Hawking da Geometria. Mas, adivinha só? Não entendi uma PALAVRA disso aqui.

Além do mais, o Sr. Harding? É, será que ele teria capacidade de ser mais maldoso? Ele já fez a Trisha Hayes chorar por causa dos triângulos isósceles dela, e isso é praticamente impossível, já que ela é uma das amiguinhas da Lana Weinberger, e também tenho bastante certeza de que ela é um ciborgue-mulher tipo a de *O exterminador do futuro 3*.

Ele está sendo totalmente legal comigo, mas só porque um dos colegas dele é o meu padrasto. Ah, e por causa do negócio de princesa, claro. Às vezes, não faz mesmo mal nenhum ter um guarda-costas sueco de quase dois metros de altura sentado atrás de você.

Diagrama de Euler = relacionar duas ou mais afirmações condicionais uma à outra por meio de sua representação na forma de círculos.

Terça-feira, 8 de setembro, Francês

Ah, bom. Pelo menos tenho UMA professora legal. A Sra. Martinez é SUPERlegal. É tão bom ter uma professora que ainda está próxima da idade da gente o suficiente para conhecer pulseiras de espinhos de borracha e *OC — Um estranho no paraíso*.

E quando a Srta. Martinez estava recolhendo nossas redações a respeito de como passamos o verão, ela ficou tipo assim: "E quero dizer que vocês podem fazer todos os tipos de perguntas para mim, não só de inglês. Quero realmente conhecer todos vocês como PESSOAS, não só como meus alunos. Então, se tiver qualquer coisa — qualquer coisa mesmo — sobre o que vocês queiram conversar, podem se sentir livres para dar uma passada na minha sala. A minha porta está sempre aberta, e eu vou ajudá-los sempre em tudo o que puder."

Uau! Uma professora da Albert Einstein High School que não desaparece dentro da sala dos professores no minuto em que a aula acaba? Inacreditável!

Só fico aqui me perguntando quanto tempo a Srta. Martinez vai aguentar essa política de porta aberta porque, quando eu estava saindo, reparei que, tipo, umas dez pessoas foram correndo para a mesa dela para falar de seus problemas pessoais. Lilly foi claramente a primeira da fila.

Espero que a Srta. Martinez aconselhe Lilly a esquecer toda a história com o Boris. Eu não quis dizer nada para Tina, mas a transformação de verão do namorado dela em um gostoso é totalmente o motivo por que Lilly está tão mordida hoje, e não a TPM, como eu disse para Tina. Deve ser mesmo uma chatice ver o cara que você largou se transformar no Orlando Bloom bem na frente dos seus olhos.

Isso se Orlando Bloom não tivesse a mínima noção sobre moda e respirasse pela boca.

Espero que Lilly não canse a Srta. Martinez a ponto de ela não ter tempo de ler nossas redações hoje à noite. Porque, tenho certeza de que, quando ela terminar a minha, vai querer mandar para um agente literário ou qualquer coisa assim para me arrumar um contrato de publicação. Sei que 15 anos é um pouco cedo para assinar um contrato de publicação múltipla com uma grande editora, mas eu tenho me virado bem com o negócio de princesa até agora. Tenho certeza de que conseguiria aguentar algumas datas de entrega de livros.

Mia — aquela pessoa nova ali, na segunda fileira depois da porta, três cadeiras para baixo. Menino ou menina? — Shameeka

Menino. Está usando calça!

Acorda. Eu também estou. Esqueci de raspar as pernas hoje de manhã.

Oh. OH.

É. Está vendo do que eu estou falando?

Bom, qual é o nome dele/dela?

Perin. Pelo menos foi o que a Mademoiselle Klein disse quando fez a chamada.

Perin é nome de menino ou de menina?

Sei lá. Por isso é que estou perguntando para você.

Espera aí. Eu não estava prestando atenção durante a chamada. A Mademoiselle Klein disse Per-ran ou Per-riin? Porque se for menina, seria Per-riin em francês, certo?

É, mas a Mademoiselle Klein não faz a chamada em francês. Ela só disse Perin em inglês, sem sotaque.

Então, em outras palavras... é um mistério.

Totalmente. Eu só quero descobrir para saber se acho ele bonitinho ou não.

Certo. Olha aqui o que a gente vai fazer. Vamos ficar de olho nele/nela, e ver em que banheiro entra antes do almoço. Porque todo mundo vai ao banheiro antes do almoço para passar brilho.

Os meninos não vão.

Exatamente. Se não for ao banheiro, é menino, e daí você pode gostar dele.

Mas e se simplesmente for uma menina que não usa brilho?

Droga! Os mistérios são ótimos em livros mas, na vida real, são meio que um saco.

Terça-feira, 8 de setembro, Superdotados & Talentosos

POR QUÊ? POR QUE POR QUE POR QUE POR QUE eu achei que este ano seria melhor — apesar de Michael não estar por perto — do que o ano passado, só por que pelo menos Lana e Josh não ficariam se agarrando na frente do meu armário?

Porque o negócio é que, quando Josh estava por perto, a Lana ficava DISTRAÍDA, e não ficava o tempo todo procurando alvos para destruir.

Mas agora que não existe nenhum homem na vida dela, ela tem muito tempo livre para ficar me torturando de novo. Como hoje no almoço, por exemplo.

Para começo de conversa, a culpa foi toda minha por ser gananciosa e entrar de novo na fila rápida para pegar mais um sanduíche de sorvete. Fala sério, um sanduíche de sorvete deveria bastar para uma menina do meu tamanho.

Mas havia alguma coisa errada com a salada de três feijões. A gente fica pensando que, com todo o dinheiro que a diretoria resolveu investir nas câmeras de segurança do lado de fora, eles podiam ter separado só um pouquinho para a cantina, para a gente ter alguma coisa decente para comer em vez de apenas derivados de leite congelados. Mas não. Acho que Lilly tem razão: parece que descobrir quem apaga cigarro na cabeça do Joe é mais importante do que fornecer alimentos com alto valor nutritivo para o corpo discente.

Então, eu estava lá na fila esperando para pagar meu sanduíche de sorvete quando ouvi uma voz atrás de mim dizendo meu nome, e quando eu me virei lá estavam Lana e Trisha Hayes, que parecia ter se recuperado da bronca do Sr. Harding — pelo menos o suficiente para se juntar à Lana em sua missão de me humilhar em público o máximo de vezes possível.

"Então, Mia", disse Lana quando eu cometi o erro de me virar. "Você continua saindo com aquele cara? Sabe qual é, aquele tal de Michael, que tem a banda?"

É claro que eu já deveria saber que Lana não estava tentando compensar por todos os anos que ela foi maldosa comigo. Eu simplesmente deveria ter largado o sorvete e saído da fila rápida naquele segundo.

Mas eu pensei, sei lá, vai ver que ela estava arrependida por causa do comentário da calcinha no vestiário aquela manhã. Achei — não me pergunte por quê — que talvez Lana também tivesse mudado durante o verão, como Boris. Só que, em vez de mudar por fora, Lana tivesse mudado por dentro.

Eu devia saber que uma coisa dessas seria impossível, já que para que o coração da Lana mudasse, ela precisaria TER um coração em primeiro lugar, e é bem óbvio que ela NÃO tem, já que quando eu respondi, com todo o cuidado: "É, Michael e eu continuamos juntos", ela mandou: "Mas ele não está na faculdade agora?"

E eu respondi: "Está sim Ele foi para a Columbia", meio que cheia de orgulho, porque, se liga, pelo menos o MEU namorado escolheu ir para uma faculdade no mesmo ESTADO em que eu moro, diferentemente do ex da Lana.

"Bom, e vocês dois já fizeram?", Lana quis saber, tão casual como se estivesse perguntando onde eu fiz minhas luzes.

E eu perguntei: "Fizemos o quê?", porque eu JURO que não fazia a menor ideia do que ela estava falando. Quer dizer, quem é que PERGUNTA essas coisas para os outros?

E Lana continuou: "AQUILO, sua idiota", e olhou para Trisha e as duas começaram a soltar risadas histéricas.

Foi aí que eu percebi do que ela estava falando.

Juro que deu para SENTIR o meu rosto ficando vermelho. Sério mesmo. Deve ter ficado tão vermelho quanto o esmalte da Lana.

E daí, antes que eu pudesse me segurar, já fui respondendo: "NÃO, É CLARO QUE NÃO!", com um tom muito chocado.

Porque eu FIQUEI muito chocada. Quer dizer, esse é um assunto que eu mal discuto com as minhas melhores AMIGAS. Com certeza nunca esperava ter de falar sobre isso com a minha INIMIGA MORTAL. Na FILA RÁPIDA.

Mas, antes de eu ter oportunidade de me recuperar da minha surpresa paralisante, Lana prosseguiu:

"Bom, se você quiser continuar com ele, é melhor se apressar", disse ela, enquanto Trisha ficava dando risadinhas atrás dela. "Porque os caras da faculdade esperam que a namorada Faça Aquilo."

Os caras da faculdade esperam que a namorada Faça Aquilo.

Foi o que Lana me disse, na FILA RÁPIDA.

Então, enquanto eu estava lá parada olhando para ela horrorizada, total e completamente, Lana me cutucou nas costas e disse: "Você vai comprar isso ou só vai ficar aí parada?", e eu percebi que a fila tinha andado e eu estava na frente do caixa com o sanduíche de sorvete derretendo na mão.

Então, eu entreguei um dólar para o caixa e voltei para a minha mesa com Lilly e Boris e Tina e Shameeka e Ling Su e só fiquei lá sentada sem dizer nada até o sinal tocar.

E ninguém nem reparou.

Os caras da faculdade esperam que a namorada Faça Aquilo.

Será que isso pode mesmo ser verdade? Quer dizer, eu já vi muitos filmes e programas de TV em que os caras da faculdade parecem esperar que a namorada Faça Aquilo. Tipo na MTV, em *Fraternity Life*, que mostra a vida na faculdade, e *Spring Break*, que fala das férias. E *A vingança dos nerds*.

Mas os caras naqueles filmes e naqueles programas tinham namoradas que também estavam na faculdade. Nenhum deles saía com uma menina do ensino médio. Que logo, logo vai levar pau em geometria. Que por acaso é a princesa de um pequeno principado europeu. Que tem um guarda-costas de dois metros de altura.

Ah, meu Deus, será que Michael está a fim de TRANSAR comigo??? AGORA????

Naturalmente, eu imaginava que transaríamos UM DIA. Mas achei que UM DIA estivesse longe, bem longe no futuro. Tão longe no futuro quanto o dia em que vamos sair juntos para o mar para impedir que aqueles barcos baleeiros matem os animais pelo Greenpeace. Quer dizer, ele só pegou nos meus peitos UMA VEZ, e foi na festa de formatura e agora eu tenho bastante certeza de que nem foi de propósito e eu nem SENTI nada por causa do sutiã bustiê que tinha muita armação de metal.

Será que eu deveria achar que a esta altura já deveria estar me preparando para FAZER AQUILO? Mas eu NÃO estou pronta para FAZER AQUILO. Acho que não. Quer dizer, eu nem quero que Michael me veja de MAIÔ, quanto mais PELADA...

AH, MEU DEUS!!!! Ontem à noite ele me convidou para passar no alojamento no sábado para ver como ele e Doo Pak arrumaram o quarto!

E SE NA VERDADE FOI UM CONVITE PARA IR LÁ E FAZER AQUILO E EU NEM PERCEBI PORQUE EU SOU TOTALMENTE SEM NOÇÃO A RESPEITO DA MANEIRA COMO FUNCIONAM AS RELAÇÕES AMOROSAS?????

O que eu vou fazer? É óbvio que preciso conversar com alguém. Mas QUEM? Não dá para falar com Lilly, porque Michael é IRMÃO dela. E não posso falar com Tina, porque ela já me disse que o dom mais precioso que uma mulher pode dar a um homem é a flor de sua virgindade, e é por isso que ela está se guardando para o príncipe William, que só tem permissão para se casar com uma virgem.

Mas ela diz que aceita dar sua flor ao Boris se o negócio com o príncipe William não der certo até mais ou menos a época da nossa formatura no ensino médio.

Não posso falar com minha MÃE sobre isso. Porque, do jeito que as coisas estão, ela mal consegue se concentrar nas coisas em que DEVERIA estar prestando atenção — tipo, em criar meu irmãozinho —, imagine se ela ainda tiver a distração de ter de falar sobre sexo com a filha adolescente.

Além disso, eu já sei o que ela vai fazer: vai marcar uma consulta para mim com o ginecologista dela. Desculpa, mas ECA.

E, obviamente, não posso dizer nenhuma palavra para o meu pai, porque ele simplesmente providenciaria o assassinato do Michael pela Guarda Real Genoviana.

E Grandmère simplesmente me daria uns tapinhas carinhosos na cabeça e depois contaria para todo mundo que ela conhece.

Quem sobrou? Vou dizer quem:

MICHAEL. Vou ter de falar com MICHAEL sobre fazer sexo com MICHAEL.

O que eu sou? LOUCA??? Não dá para falar sobre SEXO com um GAROTO!!!! Especialmente com ESTE GAROTO!!!!

O QUE EU VOU FAZER????????????

Ah, meu Deus, acho que estou tendo um ataque cardíaco. Fala sério. Meu coração está batendo, tipo, um milhão de vezes por minuto e praticamente explodindo para fora do meu peito. Acho que vou à enfermaria. Acho que preciso...

A Sra. Hill acabou de perguntar se eu estou bem. Como é o primeiro dia de aula, ela está fingindo que de fato pretende nos supervisionar este ano. Fez a gente preencher um formulário para estabelecer nossos objetivos para o semestre. Sabe como é, para esta aula. Eu dei uma espiada no Boris e ele tinha escrito: "Aprender o Concerto para Violino em A Menor de Antonin Dvorák de cor e ganhar um Grammy como fez o meu herói, Joshua Bell".

Sinceramente, não acho que este seja um objetivo muito realista. Mas agora que Boris está quase tão gostoso quanto Joshua Bell, talvez seja de fato atingível. Se é que gostosura conta para os juízes do Grammy.

Tentei dar uma olhada no objetivo da Lilly, mas ela está fazendo de tudo para esconder. Colocou a mão em cima do papel e falou assim: "Sai daqui, babona de bebê", de um jeito bem mal-educado.

Duvido que ela seria tão maldosa se soubesse que no momento eu estou vivendo um intenso turbilhão de emoções que fica rodopiando na minha cabeça, questionando o futuro do meu relacionamento com o irmão dela.

Como eu não sabia o que colocar como objetivo — eu nem sei por que estou NESTA aula este semestre — simplesmente anotei: "Escrever um romance e não levar pau em geometria."

Não dá para acreditar que a Sra. Hill reparou que eu estava tendo um ataque cardíaco. Ela não costumava reparar em nada que a gente fazia. Bom, isso porque ela vivia trancada na sala dos professores. Mas, mesmo assim...

Eu disse a ela que estava tudo bem.

Mas a verdade é que eu acho que nunca mais vou ficar bem, graças à Lana.

Terça-feira, 8 de setembro, Governo dos EUA

TEORIAS DE GOVERNO: *DIREITO DIVINO* — *A criação do governo é a intervenção divina sobre os assuntos humanos. Aspectos religiosos e seculares eram entrelaçados. Havia muito menos possibilidade de as pessoas criticarem um governo criado por Deus.*

Na civilização cristã, reis afirmavam que, com a bênção da Igreja, o monarca era o governante legítimo.

Hmm, se liga, menos na Genovia, onde o rei da Itália, e não Deus, deu o trono para a minha ancestral Rosagunde devido à sua coragem no campo de batalha. Ou na cama, imagino, levando em conta que foi onde ela matou o inimigo mortal de seu povo, Alboin. É bom saber que pelo menos uma pessoa da minha família obteve sucesso em alguma coisa feita na cama, já que sinto, com muita tristeza, que eu não vou ser muito boa nessa área, já que não gosto nem de olhar para MIM MESMA pelada, imagine só se vou deixar OUTRA pessoa olhar.

John Locke, filósofo do século XVII, era contrário ao Direito Divino. Ele e outros afirmaram: O governo só pode ser legítimo na medida em que for baseado no consentimento das pessoas governadas.

Ha! Que bom para você, John Locke! Todos esses reis e faraós que ficavam dizendo que DEUS os colocou no trono eram mesmo uns loucos! TOMA ESTA!!!!

Terça-feira, 8 de setembro, Ciências da Terra

Ótimo. Como se o meu dia já não estivesse bem ruim. Adivinha só do lado de quem eu tenho de sentar nesta aula este semestre? Bom, vejamos: qual é a letra do alfabeto que vem logo antes do T? É isso mesmo, S. Kenny Showalter.

Fala sério. Será que hoje eu tropecei em algum carma ruim ou O QUÊ?

Parece que Boris não foi o único que cresceu durante o verão. Kenny também ganhou uns bons cinco centímetros. Só que Kenny não parece ter feito nenhum tipo de musculação. Ele simplesmente ficou parecido com o espantalho de *O mágico de Oz*, e não com o Legolas.

Tirando as orelhas pontudas, é claro.

Mas, diferentemente do espantalho, Kenny tem um cérebro de verdade. Ele se lembra muito bem de que a gente costumava ficar junto. E que eu dei o pé na bunda dele por causa do Michael. Bom, tecnicamente, foi Ken quem ME deu o pé na bunda. E ele parecia muito ansioso para me lembrar desse fato. Ele falou bem assim: "Mia, espero que você possa deixar de lado seus sentimentos pessoais a meu respeito e que assim possamos trabalhar juntos de maneira profissional este semestre".

Eu disse que achava que conseguiria. O negócio é o seguinte: se eu ainda estivesse saindo com Kenny, e Lana tivesse dito alguma coisa a respeito de ele ficar achando que eu ia FAZER AQUILO com ele, eu simplesmente teria rido na cara dela.

Mas com Michael é diferente.

Outra coisa: como é que Lana sabe o que os garotos da faculdade pensam? Quer dizer, ela nunca nem saiu com um deles! Ela pode estar completamente errada a respeito do Michael. COMPLETAMENTE ERRADA.

Eu gostaria de ter pensado em dizer isso para ela quando estávamos na fila rápida.

Kenny acabou de me perguntar se eu pretendo passar o semestre inteiro escrevendo no diário durante a aula e depois ficar achando que ele vai fazer todo o trabalho, como acontecia quando éramos parceiros de laboratório em Biologia no ano passado. Dá um tempo. Acho que alguém está reescrevendo a história aqui. Eu NÃO ficava escrevendo no diário durante as aulas no ano passado.

Bom, tudo bem, talvez ficasse, sim. Mas Kenny se OFERECEU para fazer todo o trabalho de laboratório para mim. E para escrever os relatórios depois. Quer dizer, ele GOSTA desse tipo de coisa. E, além do mais, é bom nisso.

Ah, se cada pessoa se concentrasse em suas próprias capacidades pessoais, o mundo seria um lugar muito melhor.

Acho que agora é melhor eu parar de escrever, se não Kenny vai ficar pensando que eu estou me aproveitando dele. E daí vai ver que ele vai ficar achando que eu vou FAZER AQUILO com ele para compensar.

ECAAAAAAAAAAAAAAAAAAA!!!!!!!!!!!!!!!

MECÂNICA ORBITAL — MUDANÇAS SISTEMÁTICAS DE LONGO PRAZO

1. Formato da órbita não circular constante — elipse extrema, mais de 100 mil anos
2. Ângulo do eixo de inclinação varia — vai de 22 graus a 24 graus e 30 minutos em 48.400 anos
3. Precessão — 21 mil anos

DEVER DE CASA

Educação Física: nada
Geometria: exercícios, páginas 11-13
Inglês: páginas 4-14, *Strunk and White*
Francês: *écrivez une histoire*
Superdotados & Talentosos: não disponível
Governo dos EUA: Qual é a base da teoria de gov. do Direito Divino?
Ciências da Terra: seção 1, defina perigeu/apogeu

Terça-feira, 8 de setembro, Assembleia

Deveria realmente existir algum tipo de emenda constitucional para abolir as convocações nas escolas. Fala sério.

Porque, além de serem um enorme desperdício dos recursos da escola (Quantas vezes a gente tem paciência de ficar lá sentada ouvindo um cara paralítico falando que ele queria muito nunca ter dirigido bêbado? Acorda, a gente SABE.), também estou começando a achar que as convocações não passam de uma desculpa para que os professores façam um intervalo nas aulas. Eu bem vi a Sra. Hill saindo de fininho com um cigarro na mão pela porta do ginásio, agora mesmo. Acho que a frente da escola não é o único lugar que está precisando de câmeras de vigilância.

E cada vez que se colocam mil adolescentes juntos em um recinto, é óbvio que vai ter confusão. A Diretora Gupta já teve de gritar com as meninas do time principal de lacrosse por jogar balas em cima dos alunos do Clube de Teatro, que não estavam fazendo nada, pela primeira vez. Eles só estavam lá com cara de esquisitões, com aqueles cabelos tingidos de preto e os *piercings* no rosto.

E vi alguns integrantes do Clube do Computador esgueirando-se para baixo das arquibancadas agora mesmo. Tinham uma expressão no rosto que só posso descrever como diabólica. Eu não me surpreenderia se eles estivessem lá desempacotando o robô assassino deles e o programando para tomar conta do mundo com seu governo de terror.

A Diretora Gupta está dizendo como se sente contente por todos nós estarmos ali de volta. A mão da Lilly acabou de levantar. A Diretora Gupta disse: "Agora não, Lilly", e simplesmente continuou falando. Lilly agora está resmungando sozinha aqui do meu lado.

Tina, por sua vez, está jogando forca com Boris; Até agora, só acertou a letra E e já ganhou a cabeça e o corpo. Os espaços são:

__ __ __ __ __ __   __ E __ __

Não acredito que ela não é capaz de descobrir. Mas eu não vou ajudar. Porque o que ela faz com o namorado dela é da conta dela. Assim como o que eu faço com o MEU namorado é da MINHA conta. Ou pelo menos SERIA da minha conta se, de fato, eu estivesse fazendo alguma coisa com ele. Mas não estou. E isso aparentemente é um enorme problema, que pode fazer com que ele termine comigo e me troque por alguma garota de faculdade que VAI Fazer Aquilo com ele.

Mas por que eu NÃO PODERIA Fazer Aquilo com ele? As pessoas Fazem Aquilo o tempo todo. Quer dizer, eu não estaria aqui se minha mãe e meu pai não tivessem...

Ah, que beleza. Agora estou com vontade de vomitar. Por que eu tinha de pensar nisso? Minha mãe e meu pai Fazendo Aquilo. Eca. Eca eca eca eca eca eca eca. Isso é ainda pior do que pensar na minha mãe e no Sr. G...

Certo, agora eu vou vomitar DE VERDADE. ECAAAAA!!!!!!!!!!!

Agora a Diretora Gupta está falando sobre as maravilhosas atividades extracurriculares disponíveis na Albert Einstein High School e como todos nós realmente deveríamos aproveitá-las. Lilly ergueu a mão de novo, mas a Diretora Gupta só disse: "Agora não, Lilly." Ninguém mais está prestando atenção.

Tina acertou mais uma letra. Agora os espaços estão assim:

$$\underline{}\ \underline{}\ \underline{}\ \underline{}\ \underline{}\ \underline{A}\ \underline{}\ \underline{E}\ \underline{}\ \underline{}$$

Mas Boris já juntou dois braços ao bonequinho enforcado. Porque Tina não tenta a letra L? Isso é muito irritante.

Agora a Diretora Gupta está apresentando todos os grupos estudantis para mostrar quantas atividades extracurriculares a AEHS tem a oferecer. Acontece que o outro cara novo, que ficou com o armário antigo do Josh e que derramou café na minha bota, é aluno de intercâmbio do Brasil, e se chama Ramon Riveras. Ele vai jogar no time de futebol.

Acho que isso vai deixar todas as mães que têm filhos no time bem felizes. Principalmente se, depois que ele ganhar, resolver tirar a camisa e rodar por cima da cabeça, igual como Josh fazia.

O Ramon está sentado com Lana e Trisha e todo o resto do pessoal popular. Como é que ele sabia? Quer dizer, ele nem é DESTE país. Como é que ele podia saber quem são as pessoas populares, sem mencionar que já é uma delas, e ir se sentar com elas? Será que as pessoas populares simplesmente nascem assim? É uma coisa que elas já sabem de maneira inata?

Agora, a Diretora Gupta está falando a respeito do conselho estudantil, e como todos devemos estar ansiosos para nos juntar a ele, e que não há maneira mais maravilhosa de demonstrar o espírito estudantil do que esta, e como também vai ser bom para o currículo. Do jeito que ela fala, fica até parecendo que qualquer pessoa é capaz de concorrer ao conselho estudantil e vencer. O que é a maior mentira, porque todo mundo sabe que só pessoas muito populares mesmo ganham as eleições para o conselho estudantil. Lilly concorreu no ano passado e não ganhou. A pessoa que a derrotou nem era inteligente. Não, no ano passado, ela perdeu de lavada para Nancy di Blasi, capitã da equipe principal de animadoras de torcida (a mentora do mal da Lana Weinberger), uma menina que passava muito mais tempo organizando feiras de bolos para que as animadoras de torcida pudessem ganhar uma viagem bem merecida para o parque de diversões Six Flags do que fazendo pressão para conseguir reformas estudantis de verdade.

"Será que temos alguma nomeação para presidente do conselho estudantil?", a Diretora Gupta quer saber. A mão da Lilly acabou de levantar. Desta vez, a Diretora Gupta está ignorando.

"Alguém?", a Diretora G continua perguntando. "Ninguém?"

Tina acabou de dizer para Boris: "Hmm, hã, deixa ver. Tem um Y?"

"Ah, pelo amor de Deus." Eu não consigo mais me segurar. Talvez seja a ameaça iminente da defloração. Ou simplesmente seja porque eu não posso mais jogar forca com o amor da minha vida no horário de aula. De qualquer modo, eu falei assim: "É JOSHUA BELL, certo? JOSHUA BELL!"

Tina ficou toda "Aaaaaah! Você tem razão!".

Ramon Riveras está rindo de alguma coisa que Lana cochichou no ouvido dele.

Lilly está sacudindo o braço como uma louca. A mão dela é a única levantada. Finalmente, a Diretora Gupta não tem mais escolha além de dizer: "Lilly. Já falamos sobre isto no ano passado. Você não pode nomear a si mesma para presidente do conselho estudantil. Alguém precisa nomear você."

Lilly se levanta, e da boca dela saem as seguintes palavras: "Eu não quero nomear a mim mesma este ano. EU NOMEIO MIA THERMOPOLIS!!!"

Terça-feira, 8 de setembro, na limusine, a caminho do hotel Plaza

Fala sério. Por que eu sou amiga dela, hein?

Terça-feira, 8 de setembro, no Plaza

A primeira aula de princesa do novo ano letivo e — graças a Deus — Grandmère está ocupada com um telefonema. Ela acabou de estalar os dedos para mim e apontar para a mesinha de centro no meio da suíte dela. Fui até lá e encontrei um monte de faxes, cartas de reclamação de diversos integrantes da comunidade científica francesa e do instituto oceanográfico de Mônaco.

Hmm. Acho que estão meio bravos com o negócio das lesmas.

E daí? Até parece que eu não tenho problemas MUITO maiores com que lidar no momento do que um monte de biólogos bravos. Acorda, parece que, se eu quiser ficar com o meu namorado, eu vou ter de Fazer Aquilo. E como se não bastasse, ainda fui nomeada para PRESIDENTE DO CONSELHO ESTUDANTIL.

Sinceramente, não sei o que Lilly tinha na cabeça. Será que ela achou MESMO que eu só ia ficar lá sentada, tipo: "Presidente do conselho estudantil: ah, tudo bem. Claro. Porque, sabe como é, sou a única herdeira do trono de um país estrangeiro inteiro. Tipo, até parece que *eu não tenho nada mais para fazer*."

QUE SE DANE!!! Eu agarrei o braço dela na mesma hora e puxei para baixo e falei assim: *"LILLY, O QUE VOCÊ PENSA QUE ESTÁ FAZENDO????"*, por entre os dentes, já que, é claro, todas as cabeças do ginásio inteiro estavam viradas na nossa direção e todo mundo estava olhando para a gente, incluindo Perin e Ramon Riveras e o cara que detesta quando colocam milho no *chilli*, que eu achei que tinha se formado. Mas parece que não.

"*Não se preocupe*", Lilly cochichou de volta. "*Eu tenho um plano.*"

Parece que parte do plano da Lilly era chutar a canela da Ling Su com muita, muita força até ela soltar um grito esganiçado de "Hmm, eu apoio, Diretora Gupta", quando a Diretora Gupta perguntou, toda confusa: "Será que, hã, alguém apoia a nomeação?"

Não dava para acreditar que isso estivesse acontecendo. Era como um pesadelo, só que pior, porque o cara que odeia milho no *chilli* nunca aparece nos meus pesadelos.

"Mas eu...", comecei a reclamar, mas daí Lilly deu um chute bem forte na MINHA canela.

"A Srta. Thermopolis aceita a nomeação!" Lilly gritou para a Diretora Gupta.

Que estava com a maior cara de quem não estava acreditando nem um pouco. Mas daí ela falou: "Bom. Se você tem certeza, Mia...", sem sequer esperar por uma resposta minha.

Daí, antes que eu pudesse pensar em qualquer coisa, Trisha Hayes já estava em pé, gritando: "Eu nomeio Lana Weinberger para presidente do Conselho Estudantil!"

"Ah, isso não é ótimo?", disse a Diretora Gupta, quando Ramon Riveras apoiou a indicação da Lana feita pela Trisha — mas só depois que Lana deu uma cotovelada nele... bem forte, me pareceu, de onde eu estava. "Algum integrante dos outros anos tem alguma nomeação a fazer? Não? A sua apatia foi notada. Muito bem, então. Mia Thermopolis e Lana Weinberger são as candidatas a presidente do conselho estudantil. Senhoras, espero que conduzam uma eleição justa. A votação será na próxima segunda-feira."

E pronto. Estou concorrendo a presidente do conselho estudantil. Contra Lana Weinberger.

A minha vida chegou ao fim.

Lilly fica dizendo que não. Lilly fica dizendo que tem um plano. Lana concorrendo contra mim não era parte do plano: "Não dá para acreditar que ela vai fazer isso", disse Lilly quando estávamos saindo da escola depois da assembleia. "Quer dizer, ela só resolveu fazer isso porque está com inveja." Mas Lilly diz que não faz mal, porque todo mundo odeia a Lana, então ninguém vai votar nela.

É MENTIRA que todo mundo odeia a Lana. Lana é uma das meninas mais populares da escola. *Todo mundo* vai votar nela.

"Mas, Mia, você é pura e tem um bom coração", observou Boris. "As pessoas que são puras e têm um bom coração sempre vencem o mal."

Hmm, certo. Só em livros tipo *O senhor dos anéis*, pelo amor de Deus.

E o fato de eu ser tão pura? É provavelmente por causa disso que eu estou prestes a perder o meu namorado.

E de pensar que existem tantos exemplos históricos de pessoas que obviamente NÃO têm um bom coração e que ganham mais eleições do que perdem...

"Você não vai ter de erguer um dedo", disse Lilly, quando Lars me ajudou a entrar na limusine para ir ao hotel de Grandmère. "Eu vou ser responsável pela sua campanha. Vou cuidar de *tudo*. E não se preocupe. *Eu tenho um plano!*"

Não sei por que Lilly acha que ficar repetindo que ela tem um plano pode me deixar despreocupada. Na verdade, o contrário é verdade.

Grandmère acabou de desligar o telefone.

"Bom", diz ela. Já está no segundo copo de Sidecar desde que eu cheguei. "Espero que você esteja satisfeita. Toda a comunidade mediterrânea está enlouquecida com o que você aprontou."

"Nem todo mundo." Descobri dois faxes de apoio na pilha e mostrei a ela.

"*Pffft!*", foi tudo que Grandmère disse. "Quem liga para o que alguns pescadores têm a dizer? Eles não são exatamente especialistas no assunto."

"É", respondi, "mas eles por acaso são pescadores *genovianos*. Meus súditos. E minha primeira obrigação por acaso não é defender o interesse dos meus súditos?"

"Não se para isso você tenha de colocar em risco as relações diplomáticas com os países vizinhos." Os lábios de Grandmère estão tão apertados que praticamente desapareceram. "Eu estava falando com o primeiro-ministro da França, e ele..."

Graças a Deus o telefone tocou de novo. Isso é o máximo. Eu já teria jogado dez mil lesmas na baía da Genovia há muito tempo se fizesse ideia de que isso me livraria das aulas de princesa.

Apesar de ser meio chato o fato de todo mundo estar tão bravo.

Caramba. Eu já sabia que os franceses eram assim. Mas quem é que ia saber que os biólogos marinhos são tão SENSÍVEIS desse jeito?

Mas, falando sério, o que eu deveria ter feito? Deveria ter ficado lá sentada e DEIXAR as algas assassinas destruírem o meio de sustento de famílias que vivem do mar há séculos? Isso sem falar nas criaturas inocentes, como as focas e os botos, cuja sobrevivência depende diretamente do acesso direto aos bancos de vegetação marinha que a *Caulerpa taxifolia* está destruindo completamente. Será que alguém seria mesmo capaz de imaginar que *eu* permitiria a ocorrência de um desastre biológico de tais proporções bem debaixo do meu nariz, na minha própria baía — eu, Mia Thermopolis? —, levando em conta que eu conhecia uma maneira (apesar de inteiramente teórica) de impedi-la?

"Era o seu pai", disse Grandmère depois de bater o telefone. "Está extremamente aborrecido. Acaba de ter notícias do Museu & Aquário Oceanográfico de Mônaco. Parece que algumas das suas lesmas passaram para a baía *deles*."

"Que bom." Eu meio que gosto dessa história de rebeldia ambiental. Assim eu não fico pensando em outras coisas. Tipo, que o meu namorado vai me dar um pé na bunda se eu não Fizer Aquilo com ele. E que no momento estou disputando a presidência do conselho estudantil com a menina mais popular da escola.

"Bom?" Grandmère pulou da cadeira dela com tanta rapidez que derrubou Rommel, o *poodle toy* dela, do colo. Por sorte, o Rommel está acostumado com esse tipo de tratamento e já se acostumou a cair de pé, como um gato. "*Bom?* Amelia, não vou fingir que compreendo alguma coisa nisso tudo — dessa confusão por causa de alguma plantinha e umas lesminhas. Mas eu achei que você, mais do que *todo mundo*, pudesse compreender." Pegou um dos faxes e leu em voz alta: "Quando se introduz uma nova espécie em um ambiente estranho a ela, é possível que ocorra devastação total."

"Diga isso a Mônaco", respondi. "Foram eles que jogaram algas da América do Sul no Mediterrâneo para começo de conversa. Eu só joguei lesmas da América do Sul depois para consertar a bagunça DELES."

"Você não aprendeu NADA do que eu tentei ensinar no último ano, Amelia?", Grandmère quer saber. "Nada a respeito de tato, diplomacia, ou até mesmo de SIMPLES BOM SENSO?"

"ACHO QUE NÃO!!!!"

Certo, provavelmente eu não deveria ter gritado tão alto quanto gritei. Mas, fala sério, QUANDO é que ela vai LARGAR DO MEU PÉ????? Será que ela não percebe que eu tenho COISAS MUITO MAIS IMPORTANTES com que me preocupar do que com as reclamações de um monte de BIÓLOGOS MARINHOS FRANCESES IDIOTAS????

Agora ela está olhando torto para mim. "E então?"

Foi isso mesmo que ela disse. Só "E então?"

E apesar de eu saber que vou me arrepender disto — como pode ser diferente? — eu digo: "E então... o quê?"

"E então, você agora vai me dizer por que está assim tão irritada", é o que ela quer saber. "Não tente negar, Amelia. Você não consegue esconder o que está sentindo mesmo, igualzinha ao seu pai. O que aconteceu hoje na escola para deixar você assim tão aborrecida?"

Certo. Até parece que eu vou mesmo discutir a minha vida amorosa com Grandmère.

Mas devo dizer que, na última vez que fiz isso — com aquela história toda da festa de formatura —, Grandmère me deu mesmo alguns conselhos de arrasar. Quer dizer, ela conseguiu fazer com que eu fosse à festa de formatura, não é mesmo?

Mesmo assim, como é que eu posso contar para minha AVÓ que estou com medo de que, se eu não fizer sexo com meu namorado, ele me dê o pé na bunda?

"Lilly me nomeou para presidente do conselho estudantil", respondi, porque eu precisava falar ALGUMA COISA, se não ela iria ficar cavando um buraco até eu cair dentro. Ela já fez isso antes.

"Mas essa é uma notícia maravilhosa!"

Durante um minuto, achei que Grandmère fosse me dar um beijo ou algo assim. Mas desviei totalmente e ela fingiu que, em vez disso, estava se abaixando para fazer um carinho na cabeça do Rommel. O que talvez fosse mesmo a intenção dela desde o início. Grandmère não é do tipo que gosta muito de dar beijinhos nos outros. Pelo menos não em mim. Rocky, ela fica beijando o tempo todo. E ela nem é tecnicamente parente dele.

É exatamente por isso que eu sempre tenho lenços antibacterianos por perto o tempo todo. Para limpar os beijos de Grandmère do Rocky, quer dizer. Nunca dá para saber por onde os lábios de Grandmère andaram.

Tanto faz.

"Não é maravilhoso coisa nenhuma!", gritei para ela. Por que parece que eu sou a única pessoa que percebe isso? "Eu vou disputar a eleição com Lana Weinberger! Ela é a menina mais popular da escola inteira!"

Grandmère mexeu o Sidecar dela com o palitinho.

"Realmente", disse ela, pensativa. "É uma reviravolta interessante nos acontecimentos. Não há razão, no entanto, para que você não seja capaz de derrotar esta tal de Shana. Você é uma princesa, lembre-se disso! E ela, é o quê?"

"Animadora de torcida", respondi. "E é Lana, não Shana. E pode acreditar, Grandmère, no mundo real — tipo na escola — ser princesa NÃO é vantagem nenhuma."

"Quanta bobagem", disse Grandmère. "Ser integrante da realeza é SEMPRE vantajoso."

"Ha!", respondi. "Vá dizer isso à Anastasia!" Que, como você bem sabe, levou um tiro por ser da realeza.

Mas Grandmère já não estava mais prestando a mínima atenção em mim.

"Uma eleição estudantil", murmurava para si mesma, olhando para o nada. "É, isso pode ser mesmo perfeito..."

"Fico feliz por *você* estar contente com isso", disse eu, de um jeito não muito gentil. "Porque, sabe como é, até parece que eu não tenho mais nada com o que me preocupar. Tipo, tenho plena certeza de que vou me ferrar em Geometria. E ainda tem a história de estar namorando um garoto de faculdade..."

Mas Grandmère estava totalmente perdida em seu próprio mundinho.

"Quando será a votação?", quis saber Grandmère.

"Na segunda." Apertei os olhos para ela. Eu queria fazer com que ela farejasse o problema com Michael, mas agora já não sabia se tinha sido uma boa ideia. Ela parecia envolvida DEMAIS no negócio da eleição. "Por quê?"

"Ah, por nada." Grandmère inclinou-se para a frente, recolheu todos os faxes das lesmas e colocou dentro da lata de lixo dourada e ornamentada ao lado de sua escrivaninha. "Vamos dar continuidade à nossa aula de hoje, Amelia? Acredito que um certo polimento de suas técnicas de discurso deve fazer bem, levando em conta as atuais circunstâncias."

Fala sério. Já não basta eu ter de aguentar minha melhor amiga psicótica? Agora minha avó também está perdendo a cabeça EXATAMENTE NO MESMO MOMENTO????

Terça-feira, 8 de setembro, no loft

Como se o dia de hoje já não tivesse sido comprido demais, ainda chego em casa e encontro o caos total instalado. Minha mãe embalava Rocky nos braços enquanto ele berrava, cantando "My Sharona" com os olhos cheios de lágrimas, enquanto o Sr. G estava na cozinha, gritando ao telefone.

Deu para ver logo de cara que tinha alguma coisa errada. Rocky detesta "My Sharona". Mas, também, não dá para esperar que uma mulher que levou o bebê de três meses a uma passeata de protesto em que alguém acabou jogando uma lata de lixo na vitrine de um Starbucks fosse capaz de se lembrar de que músicas ele gostava ou não gostava. Mas a parte "M-m-m-my" é a que faz ele regurgitar de verdade, ainda mais se a música for acompanhada de balanços no mesmo ritmo, que era exatamente o que a minha mãe estava fazendo. E ela parecia alheia à meleca branca que cobria o seu ombro.

"O que está acontecendo, mãe?", perguntei.

Caramba, mas eu ouvi bastante mesmo.

"Minha mãe", gritou ela em resposta, por cima dos berros do Rocky. "Ela está ameaçando vir aqui, com Papaw. Porque ainda não viu o bebê."

"Hmm", disse eu. "Certo. E isso é ruim porquê..."

Minha mãe só ficou olhando para mim com os olhos arregalados e enlouquecidos.

"Porque ela é a minha MÃE", gritou. "Eu não quero que ela venha aqui."

"Sei", respondi, como se aquilo fizesse algum sentido. "Então, você..."

"Vou visitá-la", minha mãe completou, quando os berros de Rocky atingiram novos decibéis.

"Não", o Sr. G dizia ao telefone. "Dois assentos. Só dois assentos. A terceira pessoa é um bebê de colo."

"Mãe", disse eu, esticando os braços e tirando Rocky dela, tomando cuidado para evitar a gosma branca que continuava saindo da boca dele igual à lava da porcaria do Krakatoa. "Você acha mesmo que é uma boa ideia? Rocky ainda é meio pequeno para andar de avião. Quer dizer, com aquele ar reciclado. Alguém com ebola ou algo assim pode espirrar e daí, sem que ninguém perceba, o avião inteiro pode ficar doente. E o sítio? Você não ouviu falar de todos aqueles alunos que pegaram *E. coli* naquele zoológico de animais de granja em Nova Jersey?"

"Se assim vou impedir que meus pais venham aqui", respondeu minha mãe, "estou disposta a correr esse risco. Você faz ideia de quanto dinheiro eles gastaram no minibar naquela vez que o seu pai hospedou os dois no SoHo Grand?"

"Certo", respondi, entre versos de "Independent woman", que sempre têm efeito calmante sobre Rocky. Ele gosta muito mais de *R&B* do que de *rock*. "Então, quando a gente vai?"

"Você não vai", disse minha mãe. "Só Frank e eu. E Rocky, é claro. Você não pode ir. Tem escola. Frank vai tirar um dia de folga."

Eu sabia que parecia bom demais para ser verdade. Não os riscos em potencial à saúde do meu irmãozinho, mas sabe como é, a possibilidade de fugir para Indiana em vez de ter de enfrentar o inferno das eleições na escola e o possível término do meu namoro.

O que me fez lembrar de uma coisa.

"Hmm, mãe", disse eu, enquanto a seguia até o quarto do Rocky, onde parecia que ela estava arrumando as roupas lavadas antes do golpe desferido pela Mamaw. "Posso falar com você sobre uma coisa?"

"Claro." Mas minha mãe não parecia estar muito a fim de conversa. "O que foi?"

"Hmm..." Bom, ela TINHA me dito uma vez que eu podia falar com ela a respeito de QUALQUER COISA. "Quantos anos você tinha quando transou pela primeira vez?"

Eu estava crente que ela fosse responder: "Eu estava na faculdade", mas acho que ela estava muito ocupada enfiando os macacõezinhos do Rocky, em que se lia MINHA MÃE ESTÁ LOUCA DA VIDA E ELA VOTA, dentro de uma gaveta minúscula que nem pensou antes de responder. Simplesmente, falou assim: "Ah, meu Deus, Mia, sei lá. Acho que eu tinha uns, deixa ver, uns 15 anos?"

E então, tipo, ela percebeu o que tinha dito e respirou bem fundo e olhou para mim com os olhos bem arregalados e disse: "NÃO QUE EU ME ORGULHE DISSO!!!"

Porque ela deve ter se lembrado, no mesmo momento que eu, de que *eu* tenho 15 anos.

No momento seguinte, ela estava falando feito louca.

"Eu morava em Indiana, Mia", gritou. "Lá não tinha assim muita coisa para fazer. E foi, tipo, há uns vinte anos. Era a década de oitenta! As coisas eram bem diferentes naquele tempo!"

"Se liga", disse eu, porque é óbvio que eu tinha assistido a todos os episódios do programa *Eu amo os anos 80*, até *Eu amo os anos 80, o retorno*. "Só porque todo mundo usava polaina o tempo todo..."

"Não estou falando disso!", gritou minha mãe. "Quer dizer, todo mundo achava mesmo que George Michael era heterossexual. E que o sucesso da Madonna ia passar logo. As coisas eram DIFERENTES naquela época."

Eu não consegui pensar em nada para dizer. A não ser uma coisa bem idiota: "Não acredito que você e papai Fizeram Aquilo pela primeira vez quando você tinha QUINZE anos."

E então, quando reparei na cara que minha mãe fez, eu fiquei tipo: "Ai meu Deus. É claro!" Porque ela só foi conhecer meu pai quando já estava na faculdade. "MÃE!!! Com quem FOI?"

"O nome dele era Wendell", respondeu minha mãe, com os olhos sonhadores, ou porque o tal do Wendell devia ser muito gato ou porque Rocky finalmente tinha parado de chorar, e em vez disso estava babando por cima do bordado de leão do *blazer* do meu uniforme, de modo que, pela primeira vez, o *loft* se encheu de um silêncio abençoado. "Wendell Jenkins."

WENDELL???? O homem a quem minha mãe cedeu a preciosa flor de sua virgindade se chamava WENDELL????

Falando muito sério, eu NUNCA faria sexo com alguém chamado Wendell.

Mas, bom, eu tenho sérias reservas a respeito de fazer sexo com qualquer pessoa, então a minha opinião não deve valer muito.

"Uau", disse minha mãe, ainda com aquela cara de sonhadora "Faz séculos que eu não penso no Wendell. O que será que aconteceu com ele?"

"Você não SABE?", gritei bem alto, o bastante para que Rocky se sobressaltasse um pouco no meu colo. Mas ele se acalmou depois de um versinho rápido de "Trouble", da Pink.

"Bom, quer dizer, eu sei que ele se formou", respondeu minha mãe, rápido. "E tenho bastante certeza de que ele se casou com April Pollack, mas..."

"Ah, meu DEUS!" Aquilo era chocante. Não é à toa que minha mãe é assim. "Ele saía com você e com outra ao mesmo tempo?"

"Não, não", respondeu minha mãe. "Ele começou a sair com April depois que a gente terminou."

Eu assenti com a cabeça, compreensiva. "Você está dizendo que ele amava você e depois terminou com você?" Igualzinho a Dave Farouq El-Abar e Tina Hakim Baba!

"Não, Mia", respondeu minha mãe, rindo. "Caramba, mas você tem mesmo a capacidade de transformar tudo em música *country*. Quer dizer, nós namoramos, e foi ótimo, mas eu acabei percebendo que... bom, que eu queria sair de Versailles, e ele, não, então eu fui embora, e ele ficou. E se casou com April Pollack."

Igualzinho ao Dean que se casou com aquela outra menina em *Gilmore girls — Tal mãe, tal filha*!

"Mas...", fiquei olhando fixo para a minha mãe. "Você amava o Wendell?"

"Claro que amava", respondeu minha mãe. "Meu Deus, Wendell Jenkins. Faz séculos que eu não penso nele."

CARAMBA! Não acredito que minha mãe não manteve contato com o garoto que tirou a virgindade dela! Nossa, que tipo de escola será que ela FREQUENTAVA naquela época?

"Por que você está me perguntando essas coisas, Mia?", quis saber minha mãe finalmente. "Você e Michael..."

"Não", respondi, devolvendo Rocky rapidinho para o colo dela.

"Mia, não tem absolutamente problema nenhum se você quiser conversar comigo sobre..."

"Não quero", respondi, apressada. Bem apressada.

"Porque se você..."

"Não quero", disse de novo. "Tenho dever de casa. Tchau."

E fui para o meu quarto e tranquei a porta.

Deve ter algo errado comigo. Estou falando sério. Porque, quando minha mãe estava se lembrando do Wendell Jenkins, deu para ver que ela tinha gostado muito de Fazer Aquilo. Todo mundo parece gostar de Fazer Aquilo. Tipo acontece nos filmes e na TV e tudo o mais. Parece que todo mundo acha que Fazer Aquilo é, tipo, a melhor experiência de todas.

Todo mundo menos eu. Por que eu sou a única pessoa que, quando pensa a respeito de Fazer Aquilo, não sente nada além de... suor? E não de uma maneira positiva. Essa reação não pode ser normal. Tem de ser mais uma anomalia genética da minha constituição, tipo a ausência de glândulas mamárias e pés tamanho 39. O gene do Fazer Aquilo não existe em mim.

Quer dizer, eu QUERO Fazer Aquilo. Quer dizer, eu *acho* que é o que eu quero, sabe como é, quando Michael e eu estamos nos beijando, e eu cheiro o pescoço dele, e fico com vontade de pular em cima dele. Com certeza isso indica que eu quero Fazer Aquilo.

Só que, para Fazer Aquilo, é preciso TIRAR A ROUPA. Na FRENTE DA OUTRA PESSOA. Quer dizer, a menos que você seja uma daquelas judias ortodoxas que Fazem Aquilo através de um buraco no lençol, igual à Barbra Streisand em *Yentl*.

E não acho que esteja pronta para TIRAR A ROUPA na frente do Michael. Já é bem ruim ter de tirar na frente da Lana Weinberger no vestiário logo de manhã. Acho que nunca vou ser capaz de tirar na frente de um GAROTO. Principalmente, de um garoto por quem eu estou apaixonada de verdade e com quem eu espero me casar algum dia, se ele pedir a minha mão e se eu conseguir superar este meu espasmo de não-querer-tirar-a-roupa-na-frente-dele e tal.

Por outro lado, com toda a certeza eu não ia achar nada ruim ver MICHAEL sem roupa.

Será que estou usando dois pesos e duas medidas?

Fico aqui imaginando se minha mãe sentiu a mesma coisa com Wendell Jenkins. DEVE ter sentido, se não, não teria Feito Aquilo com ele.

E, no entanto, aqui está ela, mais de vinte anos depois, e ela nem sabe onde ele ESTÁ agora.

Espera um pouco: aposto que eu sou capaz de encontrá-lo. Posso fazer uma busca no Yahoo! People!

AH, MEU DEUS!!! AQUI ESTÁ ELE!!!! WENDELL JENKINS!!! Quer dizer, não tem foto, mas ele trabalha para... AH, MEU DEUS, ELE TRABALHA PARA A COMPANHIA ELÉTRICA DE VERSAILLES!!!! ELE É O CARA QUE CONSERTA OS CABOS ELÉTRICOS QUANDO A FORÇA CAI POR CAUSA DE UM TUFÃO OU ALGUMA COISA DO TIPO!!!!

Não dá para acreditar que minha mãe entregou a flor da virgindade dela para um cara que agora trabalha para a COMPANHIA ELÉTRICA DE VERSAILLES!!!!!!!!!!!!!!!

Não que haja algo de errado com alguém que trabalha para uma companhia elétrica. Acho que não é muito diferente de ser professor de álgebra.

Mas pelo menos o Sr. G não precisa usar MACACÃO para trabalhar.

Estou imaginando se April Pollack, a moça que se transformou na Sra. Wendell Jenkins no lugar da minha mãe, também está aqui.

AH MEU DEUS! Está!!!! APRIL POLLACK FOI ELEITA PRINCESA DO MILHO DE VERSAILLES, INDIANA, EM 1985!!!!!!!!!!!

Minha mãe Fez Aquilo com um cara que acabou se casando com uma princesa do milho.

O que é muito irônico, levando em conta que minha mãe depois foi ter a filha ilegítima de um príncipe! Imagina se Wendell por acaso sabe disso. Que a ex dele, Helen Thermopolis, é mãe da herdeira do trono da GENOVIA. Aposto que ele não ia se sentir tão bem assim de a ter trocado pela Princesa do Milho April se soubesse DISSO, não é mesmo????

Bom, mas acho que ele não deu exatamente o pé na bunda da minha mãe, se for verdade o que ela me contou a respeito de ela e Wendell quererem coisas diferentes na vida.

Será que isso pode acontecer comigo e Michael? Será que algum dia vamos querer coisas diferentes? Daqui a vinte anos, será que Michael vai estar casado, não com a princesa da Genovia, mas com alguma PRINCESA DO MILHO?

AHHHHHHHHHHHHHH!!!! ALGUÉM ESTÁ ME MANDANDO UMA MENSAGEM INSTANTÂNEA!!!! Quem será AGORA?

Socorro! É Michael.

SkinnerBx: Oi!

Desde que o Michael mudou para o Mac, o apelido dele mudou. Antes era LinuxRulz.

SkinnerBx: Como foi o primeiro dia de volta às aulas?

Ah, meu Deus. Ele não está sabendo. Bom, mas como PODERIA saber? Tipo, ele nem estava lá. E Lilly também não ia contar para ele. Já que eles não moram mais na mesma casa.

FtLouie: Foi... o de sempre.

Bom, e FOI mesmo. A minha vida é uma montanha-russa infinita... alegria seguida de decepções destruidoras, com períodos ocasionais em que nada acontece e eu fico só admirando a vista.
Achei que deveria mudar de assunto.

FtLouie: Como foi o SEU primeiro dia?

SkinnerBxx: Fantástico! Hoje, na minha aula de Economia para o Desenvolvimento Sustentável, o professor falou sobre como nos próximos dez ou vinte anos o petróleo, que é o combustível mais eficiente e mais barato do planeta — sabe, o que a gente usa nos carros e para aquecer as casas e nos protetores labiais e tudo — vai acabar. Sabe, há cem anos, quando o petróleo foi descoberto, a população mundial era só de dois bilhões de habitantes. Agora, com seis bilhões de pessoas — explosão populacional que é praticamente consequência direta do acesso mais fácil a um combustível mais acessível —, a Terra não pode sustentar tanta gente com a quantidade de petróleo restante. Como a população não vai diminuir, o consumo de petróleo não vai baixar, então, daqui a umas duas décadas — talvez mais, mas provavelmente menos, devido ao ritmo em que avançamos —, o petróleo vai acabar, e se não encontrarmos uma maneira de explorar o petróleo localizado a grandes profundezas — sem destruir o ambiente — ou se não começarmos a usar mais energia nuclear, hidráulica ou solar, todo mundo vai voltar à idade das trevas, e no mundo todo as pessoas vão morrer de fome e/ou de frio.

FtLouie: Então, em outras palavras... daqui a uns 15 anos, todo mundo vai morrer?

SkinnerBx: Basicamente. E você. O que VOCÊ aprendeu hoje?

Hmm, que você vai me dar o pé na bunda se eu não Fizer Aquilo.
Mas, é claro que eu não podia DIZER isso. Então, simplesmente, contei ao Michael que minha mãe e o Sr. G vão fazer uma viagem de emergência para Indiana para apresentar Rocky para os avós de lá. E que Lilly me esfaqueou pelas costas MAIS UMA VEZ, agora com a nomeação para presidente do conselho estudantil, mas que disse para eu não me preocupar porque ela "tem um plano"; também falei de como eu já detesto geometria.

SkinnerBx: Espera aí... os seus pais vão para Indiana neste fim de semana?

FtLouie: Não os meus pais. A minha mãe e o Sr. G.

Eu adoro o Sr. G e tudo, mas ainda acho muito esquisito quando alguém fala dele como se fosse o meu pai. Eu já tenho pai.
Mas perdoo Michael por este erro tão comum, já que ele não sabe — como eu sei — o que é viver em um lar desfeito.

FtLouie: O que você acha que sua irmã está aprontando agora? Quer dizer, eu seria a pior presidente do conselho estudantil DA HISTÓRIA.

SkinnerBx: Que dia eles vão viajar?

Por que Michael está obcecado pelo fato de minha mãe e o Sr. G irem viajar? Esse é totalmente o MENOR dos meus problemas.

FtLouie: Não sei, acho que é na sexta.

O que me fez lembrar:

FtLouie: Você ainda quer que eu passe aí no sábado para conhecer Doo Pak?

SkinnerBx: Claro. Ou, se você quiser, eu posso ir aí.

FtLouie: Com Doo Pak?

SkinnerBx: Não. Eu quis dizer sozinho.

FtLouie: Bom, se você quiser... Mas não sei por que, já que não vai ter ninguém aqui além de mim.

Ah, não. Rocky está chorando de novo.
Não sou babona de bebê. NÃO sou.

SkinnerBx: Mia? Você ainda está aí?

Mas como é que eles podem simplesmente ficar lá sentados sem fazer nada enquanto ele chora desse jeito? É simplesmente ERRADO.

SkinnerBx: Mia?

FtLouie: Desculpa, Michael, preciso ir. A gente se fala mais tarde.

Fico imaginando se existe algum grupo de Babões de Bebês Anônimos do qual eu possa fazer parte.

Quarta-feira, 9 de setembro, Sala de Estudos

Bom, Lana com certeza não perdeu tempo no lançamento da campanha dela para presidente do conselho estudantil.

Quando eu e Lilly entramos na escola hoje de manhã, encontramos os corredores FORRADOS de fotos coloridas gigantescas da Lana em pôsteres de papel brilhante com as palavras VOTE EM LANA escritas na parte de baixo.

Alguns dos pôsteres parecem aquelas fotos de atores, com Lana jogando o cabelo longo dourado brilhante para trás e rindo, ou com o queixo apoiado nas mãos, sorrindo com a doçura angelical da Britney na capa do primeiro disco. Nas fotos, Lana não se parece nem um pouco com alguém capaz de puxar a parte de trás do sutiã de outra garota e falar: "Por que você se dá ao trabalho de usar isso se não tem nada com o que preencher?"

Ou alguém capaz de dizer para outra menina na fila rápida que os garotos de faculdade esperam que a namorada Faça Aquilo.

Outros pôsteres mostram Lana em ação, tipo pulando no ar e abrindo *spaccato* com o uniforme de animadora de torcida. Um deles mostra Lana com o vestido da festa de formatura do ano passado, parada no degrau mais baixo de alguma escada. Não sei onde foi tirada, porque não tinha nenhuma escada daquele tipo na festa propriamente dita. Talvez no apartamento dela? Eu não tenho como saber, é claro, porque nunca fui convidada para ir lá.

Lilly deu uma olhada nos pôsteres e depois olhou para os que ela tinha feito — sim, Lilly tinha passado a noite inteira, enquanto eu me informava a respeito do Wendell Jenkins, fazendo pôsteres de campanha para mim — e soltou um palavrão muito feio.

Porque apesar de os pôsteres da Lilly serem bem legais — eles diziam MIA COMANDA TUDO e ESCOLHA A PRINCESA — não passam de purpurina com cola em uma placa de isopor (para ficar duro). Lilly não pegou umas fotos minhas e ampliou um montão em papel brilhante e forrou a escola com elas.

"Não se preocupe, Lilly", disse eu a ela, dando o maior apoio. "Eu não quero ser presidente mesmo, então talvez seja melhor assim."

Até Boris reparou em como Lilly ficou triste e se sentiu mal por ela, o que eu achei muito legal mesmo da parte dele, levando em conta a maneira como ela arrancou o coração dele do peito e pisou em cima há poucos meses, em maio.

"Os seus pôsteres são bem mais legais que os da Lana", disse ele. "Porque foram feitos de coração, e não em uma fotocopiadora."

Mas Lilly rasgou os pôsteres no meio e enfiou em uma lata de lixo na frente do escritório administrativo, mesmo assim. Quando ela terminou, tinha purpurina *por todo lado*.

Ela disse, meio sombria: "Ela quer guerra? Pois acabou de conseguir."

Mas Lilly podia estar falando do fato de estarem servindo bacalhoada no almoço hoje na cantina. É que o bacalhau está em vias de extinção devido à pesca excessiva, e Lilly anda fazendo uma campanha muito forte em seu programa no canal público para que o peixe não seja mais servido nos restaurantes de Nova York.

Eu gostaria muito que os produtores que selecionaram o programa da Lilly achassem logo um estúdio que quisesse comprá-lo. Lilly está mesmo precisando de um projeto novo. Ela tem tempo DEMAIS para matar.

Não falei mais com Michael desde que desliguei o computador ontem à noite. Espero que isso signifique que ele está muito ocupado com aquela história do fim do petróleo, e não que, sabe como é, esteja preocupado em terminar comigo porque percebeu que eu não sou exatamente do tipo que Faz Aquilo.

Quarta-feira, 9 de setembro, Educação Física

Devia existir uma lei contra jogar queimado.

Além do mais, o que foi que eu fiz para ELA? Quer dizer, está bem claro que ela vai ganhar essa eleição idiota.

Qual é a utilidade de se TER um guarda-costas se ele permite que eu seja acertada na coxa com bolas de borracha vermelha?

Acho que, com certeza, vai ficar uma marca roxa.

Quarta-feira, 9 de setembro, Geometria

"a se b" e "a apenas se b"

A frase "se e apenas se" é representada pela abreviação "se" e pelo símbolo ↔
a ↔ b significa tanto a → b quanto b → a.

A conversão de uma afirmação verdadeira é necessariamente verdadeira?

Dá licença, mas
O QUÊ???????????????
Tem um diagrama de Euler aparecendo na minha coxa, no lugar em que Lana me acertou com aquela bola.

Quarta-feira, 9 de setembro, Inglês

Você não AMOU aquele casaquinho cor-de-rosa que a Srta. M está usando? Ela está totalmente Elle Woods com ele! Quer dizer, se Elle Woods tivesse cabelo preto. — T.

Amei. É legal.

Tudo bem com você? Você está brava com o que Lilly fez? Acho que você seria uma ótima presidente do conselho estudantil, se quer saber minha opinião.

Valeu, Tina. Na verdade, eu meio que já tinha esquecido isso. Tem tantas outras coisas acontecendo...

Que outras coisas? Aquele negócio das lesmas?

Você está sabendo DISSO?

Estava no noticiário ontem à noite. Parece que o pessoal de Mônaco ficou meio bravo.

Eles não têm o direito de ficar bravos! A culpa é toda deles!

É, o repórter meio que disse isso. É por isso que você está chateada?

Não. Bom, um pouco. Quer dizer... você pode guardar um segredo?

Claro!

Eu sei, mas é, tipo, um segredo DE VERDADE. NÃO PODE contar para a Lilly.

Juro mesmo.

NEM PARA O BORIS!!!!!!!!!!!!!!!!!!

JURO MESMO!!! JÁ DISSE QUE JURO MESMO!!!!

Certo. Bom. É que ontem, quando eu estava na fila rápida, Lana me disse que os garotos de faculdade esperam que a namorada Faça Aquilo, e isso significa que Michael deve estar achando que EU vou Fazer Aquilo, só que eu não sei muito bem se quero. Quer dizer, acho que eu QUERO, mas não se isso significa tirar a roupa na frente dele. Mas não tenho certeza se existe um jeito de evitar essa parte. Achei que os garotos de faculdade Faziam Aquilo só com garotas de faculdade. Mas eu não estou na faculdade, estou na escola. Mas daí eu falei com minha mãe e ela disse que Fez Aquilo quando tinha 15 anos com um cara chamado Wendell Jenkins, mas daí ele se casou com uma princesa do milho chamada April e minha mãe nunca mais o viu. E se isso acontecer comigo e com Michael? Tipo, e se a gente Fizer Aquilo e daí a gente terminar porque na verdade a gente quer coisas diferentes da vida e ele acabar se casando com uma princesa do milho? Acho que eu morro se isso acontecer. Mas minha mãe diz que não pensava no Wendell há anos. Sei lá. O que eu faço?

Só porque não deu certo com Wendell e sua mãe, isso não é motivo para achar que você e Michael também vão terminar. E, aliás, que tipo de nome é WENDELL?

Então, você está dizendo... que eu devo Fazer Aquilo?????

Não acho que Lana saiba de verdade como são os garotos de faculdade. Ela não conhece nenhum garoto de faculdade. Ou, se conhecer, devem ser uns garotos de fraternidade. E Michael nem está em fraternidade. Além do mais, Michael ama você de verdade. É óbvio, só pelo jeito como ele olha para você. Se você não quiser Fazer Aquilo, não Faça.

É, mas e o que Lana disse?

Michael não é o tipo de cara que daria o pé na sua bunda só porque você não quer Fazer Aquilo com ele. Quer dizer, talvez os caras que LANA conhece possam agir dessa maneira. Tipo Josh Richter, por exemplo. Ou aquele tal de Ramon. Ele parece meio superficial. Mas não Michael. Porque ele se PREOCUPA de verdade com

você. Além do mais, eu não acho que o Michael esteja pensando que você vai Fazer Aquilo. Pelo menos, não agora.

VOCÊ ACHA MESMO??????

Acho. Quer dizer, seria meio presunçoso da parte dele. Não faz nem um ano que vocês estão saindo. Acho que ninguém devia Fazer Aquilo com um cara a não ser que estejam juntos há pelo menos um ano. E daí, têm de Fazer Aquilo a primeira vez na noite do baile de formatura. Porque quando a gente Faz Aquilo pela primeira vez, o garoto tem de estar de *smoking*. Questão de educação.

Tina, eu quase não consegui fazer o Michael me levar ao baile de formatura uma vez. Duvido muito que algum dia vou conseguir fazer com que ele me leve de novo.

Hmmm. Bom, coroações também contam. Tenho certeza de que também seria muito romântico Fazer Aquilo pela primeira vez depois da sua coroação.

Eu só vou ser coroada depois que meu pai morrer e deixar o trono para mim!!!! E eu posso estar tão velha quanto o Príncipe Charles quando isso acontecer!!!!!!!!!!!!! Eu QUERO muito Fazer Aquilo antes de ficar VELHA, sabe como é. Só que não AGORA, sabe como é.

Bom, então você só precisa dizer isso ao Michael. Vocês dois estão precisando ter A Conversa. Você precisa colocar tudo isso às claras. Porque a comunicação é o segredo dos relacionamentos românticos.

Você e Boris já falaram sobre isso? Sabe como é, já tiveram A Conversa? Sobre FAZER AQUILO?

Claro que sim!!!! Quer dizer, caso não dê certo entre eu e o Príncipe William, Boris sabe que, se pretende receber o presente da minha flor, ele vai ter de esperar até depois do baile de formatura

- **em uma cama tamanho *king-size* com lençóis brancos de cetim**
- **em uma suíte de luxo com vista para o Central Park**
- **no Four Seasons da East 57th Street**
- **com champanhe e morangos cobertos de chocolate na chegada**
- **com banho de banheira com aromaterapia para depois**
- **e, na manhã seguinte, café na cama com *waffles*.**

Ah, Tina, não sei como dar esta notícia para você... mas parece um pouco mais do que Boris pode pagar. Quer dizer, ele AINDA está na escola.

Eu sei. É por isso que eu sugeri que ele já começasse a economizar a mesada agora. Além do mais, é melhor ele ter mais do que aquela única camisinha que ele carrega na carteira há uns dois anos.

Boris tem uma camisinha na carteira???? Neste MOMENTO??????????

Ah, tem. Ele é muito proativo. Essa é uma das razões por que eu o amo.

SERÁ QUE VOCÊS DUAS PODEM PARAR DE PASSAR BILHETINHOS E PRESTAR ATENÇÃO? ESTA É A MELHOR PROFESSORA QUE JÁ TIVEMOS E VOCÊ DUAS ESTÃO ME ENVERGONHANDO TOTALMENTE COM A SUA INCAPACIDADE DE PRESTAR ATENÇÃO... *Espera aí. Que história é essa de camisinha?*

Nada! Olha para a frente!

Aliás, de quem é que vocês estão falando?

De ninguém, Lilly. Não tem importância. Olha, ela está devolvendo nossas redações.

E você acha que isso vai servir para desviar a minha atenção. Eu quero saber de quem é que vocês duas estão falando. QUEM é que anda com uma camisinha na carteira??

Presta atenção, Lilly!

Certo! Isto sim é que é o sujo falando do mal lavado. Que nota você tirou, falando nisso? Um A como sempre, Senhorita Tira Sempre A em Inglês?

Bom, para falar a verdade, eu me esforcei MESMO nisto...

Ha! Você não tirou A!!!! Eu disse. Você devia prestar atenção nesta aula se quer mesmo virar escritora.

Quarta-feira, 9 de setembro, Francês

Não estou entendendo nada. NÃO ESTOU ENTENDENDO NADA.

Eu sou uma escritora de talento. Eu SEI que sou. Já me DISSERAM que sou. Mais de uma pessoa já disse.

Quer dizer, não estou dizendo que não tenho mais nada para aprender. Eu sei que tenho. Sei que não sou nenhuma Danielle Steel. Ainda. Sei que ainda tenho muito trabalho a fazer antes de ter esperança de ganhar um Booker Prize ou qualquer outro prêmio que os escritores recebem.

Mas um B????

Nunca tirei um B em uma tarefa de inglês na vida!!!!

Deve haver algum erro.

Fiquei tão chocada quando recebi minha redação de volta que acho que fiquei lá sentada com a boca aberta durante muito tempo... tempo suficiente para a fila de pessoas em volta da mesa da Srta. Martinez diminuir e ela finalmente reparar em mim, e dizer assim: "Pois não, Mia? Você tem alguma pergunta?"

"Isto aqui é um B", foi tudo o que eu consegui dizer, com a voz engasgada. Porque a minha garganta tinha meio que se fechado. E a palma das minhas mãos estava suada. E meus dedos tremiam.

Porque eu nunca tirei B em uma tarefa de inglês. Nunca, nunca, nunca, nunca...

"Mia, você escreve muito bem", disse a Srta. Martinez. "Mas você não tem disciplina."

"Não tenho?" Lambi os lábios. Acho que tinham se ressecado naquele período em que fiquei ali sentada.

A Srta. Martinez sacudiu a cabeça, cheia de tristeza.

"Compreendo que a culpa não seja inteiramente sua", prosseguiu a Srta. Martinez. "Você provavelmente só tira A nas aulas de inglês há anos, usando o humor cru e as referências escrachadas de cultura *pop* que usou na sua redação. Tenho certeza de que seus professores estavam ocupados demais lidando com os alunos que não tinham nenhuma capacidade de escrever para se ocupar com uma aluna que obviamente sabe escrever. Mas, Mia, você não percebe? Esse tipo de pseudopalhaçada acanhada não tem espaço em um trabalho expositivo sério. Se você não aprender a se disciplinar, nunca vai crescer como escritora. Textos como o que você entregou só servem para comprovar que você sabe usar as palavras, NÃO que você é uma escritora."

Eu não fazia a menor ideia do que ela estava falando. Só sabia que tinha tirado B. Um B!!! EM INGLÊS.

"Se eu escrever outro texto", perguntei, "será que você aceita no lugar deste e cancela o meu B?"

"Se for bom o bastante, pode ser", respondeu a Srta. Martinez. "Não quero simplesmente que você saia apressada fazendo alguma outra coisa exagerada, Mia. Quero que você reflita a respeito do texto. Quero que você me obrigue a pensar."

"Mas", reclamei, bem baixinho, "foi o que eu tentei fazer no texto sobre as lesmas..."

"E você fez isso comparando o seu ato de despejar dez mil lesmas na baía de Genovia com a recusa da Pink em se apresentar para o Príncipe William porque ele caça?" A Srta. Martinez estremeceu. "Não, Mia. Isso não me fez pensar. Só fez com que eu sentisse tristeza pela sua geração."

Ainda bem que, exatamente neste momento, o sinal tocou e eu tive de sair.

O que foi bom, porque eu estava prestes a vomitar em cima da carteira.

Quarta-feira, 9 de setembro, S & T

Michael ligou na hora do almoço. Os alunos da AEHS não devem fazer nem receber ligações no horário das aulas, mas no almoço não faz mal.

De todo jeito, ele ficou todo: "O que aconteceu com você ontem à noite? A gente estava se falando pelo computador e daí você simplesmente desapareceu!"

Eu: Ah, é. Desculpa. Rocky acordou chorando e eu tive de ir lá cantar para ele voltar a dormir.

Michael: Então, está tudo bem?

Eu: Bom, quer dizer, se você levar em conta que depois de dois dias de aula eu já estou tomando pau em geometria, estou sendo obrigada a concorrer ao cargo de presidente do conselho estudantil contra a vontade, e minha nova professora de inglês acha que eu sou uma fraude sem talento, e se para você isso significa que está tudo bem, então, é, acho que sim.

Michael: Não acho que nenhuma dessas coisas seja boa. Você já falou com o... quem é seu professor, o Harding? Ele é um cara decente... para ter um pouco de ajuda extra nessa matéria? Ou, se você quiser, podemos repassar o capítulo juntos no sábado, quando a gente se encontrar. E como é que sua professora de inglês pode achar que você é uma fraude sem talento? Você é a melhor escritora que eu conheço. E, no que diz respeito ao negócio do conselho estudantil, Mia, só diga para Lilly que você não dá a MÍNIMA para o plano dela, você já tem muito com que se preocupar e não quer disputar a eleição. Qual é a pior coisa que pode acontecer?

Ha. É tão fácil para Michael falar... Quer dizer, ele não tem medo da irmã dele — nem um pouquinho, e eu tenho. E o Sr. Harding? Um cara decente? Meu Deus, hoje ele jogou um pedaço de giz na cabeça da Trisha Hayes! Preciso dizer que eu faria o mesmo se soubesse que não ia me ferrar depois. Mas, mesmo assim.

E como é que Michael sabe o tipo de escritora que eu sou? Tirando alguns artigos no jornal da escola no ano passado, e minhas cartas, e *e-mails*, e mensagens instantâneas, ele nunca leu nada do que eu escrevi. Com certeza nunca dei um dos meus poemas para ele ler. Porque, e se ele não gostar? O meu espírito de escritora ficaria despedaçado.

Ainda mais despedaçado do que está agora.

Eu: Sei lá. E o SEU dia, como está?
Michael: Ótimo. Hoje, na minha aula de Princípios de Geomorfologia, falamos a respeito de como a calota polar encolheu cem milhões de hectares — é o tamanho dos estados da Califórnia e do Texas juntos — nos últimos vinte anos e que se continuar a

desaparecer no ritmo atual — cerca de 9% por década — pode desaparecer totalmente até o fim deste século, o que vai, é claro, ter efeitos devastadores sobre a vida na Terra como a conhecemos. Espécies inteiras vão desaparecer, e todas as pessoas que têm imóveis na beira do mar vão ter imóveis submarinos. A não ser, é claro, que façamos alguma coisa para controlar as emissões de poluentes que estão destruindo a camada de ozônio e permitindo o derretimento das calotas.

Eu: Então, essencialmente, no final não faz a menor diferença a nota que eu vou tirar em geometria, porque vamos todos morrer mesmo?

Michael: Bom, não nós, necessariamente. Mas os nossos netos, com certeza.

Só que eu tinha bastante certeza de que Michael não estava falando dos NOSSOS netos, como se fossem os filhos dos filhos que nós podemos ter se, sabe como é, nós Fizermos Aquilo. Acho que ele estava falando de netos de uma maneira geral. Tipo os netos que ele pode ter com uma princesa do milho com quem vai se casar depois, depois de ele e eu tivermos nos afastado e seguido cada um o seu caminho.

Eu: Mas eu achei que nós íamos morrer mesmo daqui a dez anos quando o petróleo de fácil acesso terminasse.

Michael: Ah, não se preocupe com isso. Doo Pak e eu resolvemos criar um protótipo para um carro movido a hidrogênio. Espero que sirva para resolver esse problema. Se, sabe como é, a indústria automobilística não tentar nos matar por causa disso.
Eu: Ah. Certo.

É legal saber que pessoas inteligentes como Michael estão trabalhando nesse negócio todo de o petróleo acabar. Assim os problemas que podem ser resolvidos com mais facilidade, como algas assassinas e governo do conselho estudantil, podem sobrar para pessoas como eu.

Michael: Então, está tudo certo para sábado?
Eu: Você quer dizer de eu ir aí para conhecer Doo Pak? Acho que sim.
Michael: Na verdade, o que eu quis dizer foi...

Neste momento, Lilly tentou arrancar o telefone de mim.

Lilly: É o meu irmão? Deixa eu falar com ele.
Eu: Lilly! Solta!
Lilly: É sério, eu preciso falar com ele. A mamãe trocou a senha de novo e eu não consigo mais entrar no *e-mail* dela.
Eu: Mas você não deve ler o *e-mail* da sua mãe!

Lilly: Mas como é que eu vou saber o que ela anda falando de mim para as pessoas?

E foi aqui que eu finalmente consegui arrancar o telefone das mãos dela.

Eu: Hmm, Michael. Vou ter de ligar para você mais tarde. Depois da aula. Certo?
Michael: Ah. Tudo bem. Aguenta firme. Vai dar tudo certo.
Eu: É. Até parece.

É fácil para ELE dizer que vai dar tudo certo. VAI dar tudo certo. Para ELE. ELE não precisa mais ficar enfiado neste buraco dos infernos oito horas por dia. Ele tem aulas divertidas a respeito de como a calota polar está derretendo e a gente vai morrer, enquanto eu tenho de andar por um corredor com vinte milhões de pôsteres da Lana Weinberger olhando para mim, falando: *Fracassada! Fracassada! Princesa do quê? Ah, já sei! Da Fracassolândia!*

Quando saímos da cantina para passar brilho labial antes da próxima aula, vi Ramon Riveras, o estudante de intercâmbio novo, demonstrando a técnica brasileira de domínio de bola para Lana e alguns companheiros do time principal de futebol, e todos estavam prestando muita atenção (o que era mesmo muito bom, já que no ano passado eles não ganharam nenhum jogo). Só que, em vez da bola, Ramon estava usando uma laranja, jogando de um lado para o outro entre os pés. Também estava dizendo alguma coisa, mas não deu para entender nenhuma palavra, seja lá o que fosse. Os outros integrantes do time dele também pareciam confusos.

Mas vi Lana fazendo sinal de sim com a cabeça, como se estivesse entendendo. E provavelmente entendia mesmo. Lana conhece muitas coisas brasileiras. Eu sei porque já a vi pelada no chuveiro.

Quarta-feira, 9 de setembro, ainda em S & T

Mia. Vamos fazer uma lista.

Não! Lilly, me deixa em paz! Tenho problemas demais neste momento para fazer uma lista.

Que problemas? Você não tem problema algum. Você é uma princesa. Você não está levando pau em álgebra. Você tem namorado.

É isso mesmo. Eu tenho namorado, mas parece que ele acha que eu...

Você o quê?

Deixa para lá. Vamos fazer uma lista.

LILLY E MIA AVALIAM OS *REALITY SHOWS*

Survivor:	*Lilly: Tentativa nojenta da mídia de atrair audiência com golpes baixos, mostrando os participantes em situações humilhantes e exploratórias. 0/10*
	Mia: É. E quem quer ver pessoas comendo insetos? Eca!!! 0/10

Fear Factor: *Lilly: Igual ao anterior.* 0/10

Mia: Mais insetos. Que nojo. 0/10

American
Idol: *Lilly: Este programa é divertido — se a sua ideia de divertimento for assistir a jovens sendo ridicularizados por tentar compartilhar seus talentos com o mundo.* 5/10

Mia: Depois de ter os meus sonhos despedaçados há pouquíssimo tempo, não gosto de ver gente pisoteando os sonhos dos outros. 2/10

Newlyweds:
Nick e Jessica:

Lilly: Se assistir aos devaneios patéticos de uma cantora iletrada que não sabe a diferença entre frango e atum é a sua ideia de diversão, por favor, então assista a esse programa. Eu não farei nada para impedir. 0/10

Mia: Jessica não é burra, só não tem experiência. Ela é ENGRAÇADA. Além do mais, Nick é gostoso. O melhor programa DE TODOS! 10/10

The
Bachelor/ette: Lilly: *Quem se importa com gente idiota que fica junta? No fim, eles só vão ter filhos, e daí vai ter mais gente idiota neste planeta. E nós incentivamos essas pessoas com esse programa! Uma desgraça.* 0/10

Mia: Mas que exagero! Eles estão em busca do amor! O que tem de errado nisso? 5/10

Trading
Spaces: Lilly: *Eu nunca deixaria a Hildi chegar perto do meu quarto, de jeito nenhum.* 10/10

Mia: Preciso concordar. Qual é o problema dela? Mas ia ser legal soltá-la no quarto da LANA. 10/10

Real world: Lilly: *É perfeito — se a sua ideia de perfeição for assistir a jovens mergulhados em jacuzzis sem supervisão dos pais ou qualquer espécie aparente de moral. Que é exatamente a minha.* 10/10

Mia: Por que eles são tão maus uns com os outros? Mesmo assim, até que É bom. 9/10

Queer eye for the straight guy: Lilly: Cinco homossexuais dão um jeito em homens que não conseguem arrumar o quarto e só têm capacidade de usar jeans desbotados. Alguns defensores dos direitos iguais independentemente da orientação sexual temem que esse programa faça o movimento regredir décadas. E, mesmo assim... por que aquele cara PASSOU tanto tempo usando aquela peruca horrorosa???? 10/10

Mia: É isso aí, e por acaso eu conheço uma pessoa que ainda poderia se beneficiar de uma ajudinha dos Fab Five, porque eu tenho certeza de que eles não aprovam suéter para dentro da calça. 10/10

The Simple Life com Paris Hilton e Nicole Richie: Lilly: Você está de brincadeira, certo? Alguém acha que eu vou me divertir com uma louva-a-deus humana e a amiga bêbada dela enquanto elas tiram sarro, com as maiores grosserias, das pessoas que foram gentis o bastante para acolhê-las? Acho que não. 0/10

Mia: Hmm. Eu meio que preciso concordar. Aquelas garotas estão precisando de umas BOAS aulas de princesa. Quem sabe, da próxima vez, as irmãs Hilton e a pequena Nicole possam passar uma semana com Grandmère! Aposto que ELA teria algo a dizer a respeito dos *piercings* delas. Ah, mas este sim é um *reality show* que eu ADORARIA assistir!!!!!!! 0/10

Quarta-feira, 9 de setembro, Governo dos EUA

TEORIAS DE GOVERNO (cont.)
TEORIA DO CONTRATO SOCIAL: Thomas Hobbes, filósofo inglês do século XVII, escreveu *Leviatã*, em que afirma o seguinte:

Os seres humanos existiam originalmente em um "estado natural". Em outras palavras, ANARQUIA.

Mas a anarquia é ruim! Com a anarquia, as pessoas podem fazer o que bem entenderem! Com a anarquia, por exemplo, uma certa animadora de torcida, cujo nome não será citado, poderia usar um calção que claramente pertence a um integrante do time de futebol por baixo da saia do uniforme escolar dela e assegurar-se de que todo mundo está vendo que ela está usando aquilo com cruzadas e descruzadas de pernas de maneira muito atlética e chamativa, durante a aula de Governo dos EUA, como pode estar fazendo AGORA MESMO, desafiando escandalosamente as regulamentações da escola. E uma certa outra pessoa, cujo nome não será citado, pode estar com vontade de dedurá-la, mas no final vai se decidir por não fazê-lo, porque delatar os outros é errado, a menos que a vida de alguém esteja em jogo.

Hobbes defendeu que o contrato original entre o povo e o Estado era definitivo, resultando assim no absolutismo do Estado.

Por sorte, John Locke modificou a teoria para dizer que o contrato podia ser negociado.

VIVA JOHN LOCKE!
VIVA JOHN LOCKE!
VIVA VIVA
VIVA JOHN LOCKE!

Quarta-feira, 9 de setembro, Ciências da Terra

Kenny acabou de se inclinar para o meu lado para me lembrar de que tem uma namorada nova, Heather, que conheceu no acampamento de ciências durante o verão. Parece que Heather é superior a mim em todos os aspectos (só tira A, faz ginástica olímpica, não usa humor escrachado relacionado a cultura *pop* em suas redações, não é princesa etc.), então, apesar do que eu possa pensar, Kenny já me superou totalmente, e eu posso ficar piscando meus olhos azuis de bebê para ele o quanto eu quiser, que não vai fazer a menor diferença, que ele NÃO vai fazer o meu dever de casa de Ciências da Terra este semestre.

Tanto faz, Kenny. Em primeiro lugar, vá ao oftalmologista para ver se os seus óculos estão certos: os meus olhos são cinzentos, não azuis. Em segundo, eu nunca pedi para você fazer o meu dever de casa de Biologia ano passado. Você simplesmente começou a fazer sozinho. Reconheço que foi um erro da minha parte PERMITIR que você fizesse, tendo em vista que eu sabia que não gostava de você do mesmo jeito que você gostava de mim. Mas pode ter certeza de que isso não vai acontecer de novo. Porque eu vou prestar total atenção à aula e fazer meu PRÓPRIO trabalho. Nem vou PRECISAR da sua ajuda.

E, sinceramente espero que você e Heather sejam felizes juntos. Seus filhos provavelmente vão ser muito inteligentes. No caso de vocês acabarem Fazendo Aquilo, quero dizer. E esquecerem de se precaver. Mas isso é altamente improvável no caso de dois prodígios da ciência.

Kenny é mesmo muito esquisito.

Não, sabe o quê? Os *garotos* são esquisitos. Fala sério. Talvez eu deva escrever o meu novo texto para a Srta. Martinez sobre isso. Meninos e suas esquisitices.

Por exemplo, meus cinco filmes preferidos são:

Dirty dancing — *Ritmo quente*

Flashdance

Teenagers — *As apimentadas*

O *guerra nas estrelas* original e

Honey

sendo que todos têm tema parecido — uma garota precisa usar seus talentos recém-adquiridos (dançar) para salvar a si mesma / seu relacionamento / sua equipe (bom, tudo bem, o enredo de *Guerra nas estrelas* não é bem esse. Bom, é, mas precisa trocar a palavra "garota" por "garoto". E dança por "a Força").

Então, já deu para ver por que eu gosto tanto deles.

Mas os cinco filmes preferidos do Michael — sem contar o *Guerra nas estrelas* original, claro — são totalmente diferentes dos meus. Eles não têm um único tema em comum! Tratam de tudo que é situação! E, na maior parte, eu nem sei POR QUE ele gosta deles. As pessoas nem dançam neles.

Aqui está um vislumbre do Mundo Estranho dos Meninos e os Filmes de que Eles Gostam:

OS CINCO FILMES PREFERIDOS DO MICHAEL
(SENDO QUE EU NUNCA ASSISTI A NENHUM DELES,
NEM NUNCA VOU ASSISTIR)

O poderoso chefão
Scarface — *A vergonha de uma nação*
O massacre da serra elétrica
Alien — *O 8º passageiro, Alien* — *O resgate, Alien* — *A ressurreição* etc.
O exorcista

OS CINCO FILMES PREFERIDOS DO MICHAEL
(QUE EU JÁ ASSISTI, SEM CONTAR
O *GUERRA NAS ESTRELAS* ORIGINAL, É CLARO):

Como enlouquecer seu chefe
O substituto
O quinto elemento
Tropas estelares
Supertiras

Gostaria de observar que nenhum dos filmes acima contém cenas de dança. Nenhunzinho. Na verdade, eles não compartilham de nenhum tema em comum, com a possível exceção de que todos os caras dos filmes têm namoradas superbonitas.

Basicamente, homens e mulheres têm expectativas inteiramente diferentes no que diz respeito ao gosto por filmes. Realmente, levando tudo isso em conta, é surpreendente eles conseguirem se juntar para Fazer Aquilo.

Pensando melhor, esse provavelmente é um assunto sobre o qual a Srta. Martinez não gostaria nem um pouco de ler. Apesar de *eu* o considerar educacional, duvido muito que *ela* ache a mesma coisa.

Ela provavelmente nunca vai ao cinema, porque os filmes são muito *pop*. Provavelmente só assiste a filmes *cult*, tipo os que passam no cinema alternativo Angelika. Aposto que ela nem tem televisão.

Meu Deus. Não é *para menos* que ela seja assim.

DEVER DE CASA

Educação Física: não disponível
Geometria: exercícios, páginas 20-22
Inglês: não sei, estava chocada demais para anotar
Francês: *écrivez une histoire*
E descobrir se Perin é homem ou mulher!!!!!!
S & T: não disponível
Governo dos EUA: Qual é a base do governo de acordo com a teoria do contrato social?
Ciências da Terra: perguntar ao Kenny

Quarta-feira, 9 de setembro, na limusine, voltando do Plaza para casa

Hoje, quando fui ao hotel de Grandmère para minha aula de princesa, ela avisou que iríamos fazer uma pesquisa de campo.

Eu disse a ela que não tinha tempo nem para a aula de princesa hoje — que minha nota de inglês estava em jogo, e que eu precisava ir para casa fazer uma redação nova naquele minuto.

Mas Grandmère não ficou nem um pouco impressionada — mesmo quando eu disse que minha futura carreira de romancista dependia daquilo. Ela disse que membros da realeza não devem escrever livros, de qualquer maneira — que as pessoas só querem ler livros SOBRE a realeza, e não escritos POR seus integrantes.

Às vezes, Grandmère não entende nada mesmo.

Eu tinha certeza de que a nossa pesquisa de campo seria uma visita ao Paolo — as minhas raízes estão começando totalmente a aparecer — mas, em vez disso, Grandmère me levou para o térreo, em uma das inúmeras salas de conferência do Plaza. Tinha umas duzentas cadeiras na sala, com um púlpito na frente, com um microfone e uma jarra de água.

Só na fileira da frente tinha gente sentada. E as pessoas eram a camareira de Grandmère, o chofer dela e diversos funcionários do Plaza com seus uniformes em verde e dourado, com cara de quem não estavam nada à vontade. Principalmente, a camareira de Grandmère, que segurava o Rommel no colo, e ele não parava de tremer.

No começo, achei que eu tivesse sido enganada e que era uma entrevista coletiva de imprensa a respeito das lesmas ou algo assim. Mas, onde estavam os repórteres?

Mas Grandmère disse que não, que não era uma entrevista coletiva de imprensa. Era para treinar.

Para o debate.

De presidente do conselho estudantil.

"Hã, Grandmère", disse eu. "Não vai haver debate entre as candidatas a presidente do conselho estudantil. Todo mundo só vai lá e vota. Na segunda-feira."

Mas Grandmère não acreditou em mim de jeito nenhum. Ela falou assim, depois de soltar um fio comprido de fumaça de cigarro, apesar de no Plaza só ser permitido fumar no quarto: "A sua amiguinha Lilly me disse que vai ter um debate."

"Você falou com LILLY?" Não dava para acreditar. Lilly e Grandmère se ODEIAM. Por bons motivos, depois de tudo que aconteceu com o Jangbu Panasa.

E agora Grandmère me diz que ela e a minha melhor amiga fizeram um CONCHAVO?

"QUANDO FOI QUE LILLY DISSE ISSO A VOCÊ?", eu quis saber, já que não acreditei em nenhuma palavra daquilo.

"Mais cedo", respondeu Grandmère. "Vá até o púlpito e veja como você se sente."

"Eu SEI como é ficar atrás de um púlpito, Grandmère", respondi. "Já fiquei atrás de púlpitos antes, lembra? Quando eu fiz um discurso no Parlamento da Genovia a respeito da questão dos parquímetros."

"Foi", disse Grandmère. "Mas era um público formado por senhores. Aqui, quero que você aja como se estivesse falando com os seus colegas. Pense neles sentados à sua frente, com aqueles *jeans* folgadões ridículos e aqueles bonés virados para trás."

"A gente usa uniforme na escola, Grandmère", lembrei a ela.

"É, mas bom, você sabe do que eu estou falando. Pense neles todos sentados aqui, sonhando em ter seu próprio programa de televisão, igual àquele Ashton Kutcher pavoroso. Diga como você responderia à seguinte pergunta: que melhorias você implementaria para fazer com que a Albert Einstein High School seja uma instituição de ensino melhor, e por quê?"

Fala sério, às vezes eu não a entendo. Parece que ela caiu no chão e bateu a cabeça quando nasceu. Só que caiu em cima de um assoalho de madeira, e não em um *futon*, como quando eu derrubei o Rocky há pouco tempo. Só que não foi nem um pouco minha culpa, porque Michael entrou sem avisar, usando *jeans* novos.

'Grandmère", disse eu. "Qual é o motivo disso? NÃO VAI HAVER DEBATE."

"APENAS RESPONDA À PERGUNTA."

Caramba. Às vezes ela é mesmo impossível.

Certo, ela é impossível o tempo todo.

Então, só para acalmá-la, fui para trás daquele púlpito idiota e disse no microfone: "Melhorias que eu implementaria para fazer com que a Albert Einstein High School seja uma instituição de ensino melhor incluem a incorporação de mais pratos sem carne no almoço para alunos vegetarianos e *vegans*, e, hmm, uma lista dos deveres de casa colocada no *site* da escola toda noite, para que os alunos que, hã, sem querer esqueceram de anotar, saibam exatamente o que precisam entregar no dia seguinte."

"Não se debruce tanto por cima do pódio, Amelia", disse Grandmère, cheia de críticas, do lugar onde estava em pé, soprando a fumaça em uma azaleia grande em um vaso (Grandmère tem mesmo muita sorte. Porque daqui a dez anos, quando todo o petróleo acabar e a calota polar tiver derretido completamente, ela provavelmente já vai estar morta de câncer do pulmão, de tanto que fuma). "Fique com as costas retas. Ombros para trás. Isso mesmo. Pode continuar."

Eu já tinha me esquecido completamente do que estava falando.

"E os professores?", o chofer de Grandmère perguntou, tentando soar como um aspirante a Ashton Kutcher de *jeans* largão. "O que que você vai fazer com eles, hein?"

"Ah, sim", respondi. "Os professores. Por acaso não é o trabalho deles nos incentivar a realizar os nossos sonhos? Mas eu reparei que alguns professores parecem achar que, entre as suas funções, está acabar com a gente e... e... podar nossos impulsos criativos! Só porque, sabe como é, eles podem ser mais divertidos do que educacionais. É esse tipo de gente que queremos moldando nossas jovens mentes? É?"

"Não", gritou uma camareira.

"Tem toda a razão, caramba", berrou o chofer de Grandmère.

"Ah", disse eu, sentindo-me mais segura devido à resposta positiva. "E também as, hmm, câmeras de vigilância na frente da escola.

Posso compreender como são valiosas no sentido de representarem uma medida de segurança. Mas se estão sendo usadas para..."

"Amelia!", berrou Grandmère. "Tire os cotovelos do púlpito!"

Tirei os cotovelos do púlpito.

"Como ferramenta para monitorar o comportamento dos alunos, preciso perguntar: será que a diretoria tem mesmo o direito de nos espionar?" Eu estava meio que gostando desse negócio de debate. "O que acontece com as fitas das câmeras de vídeo depois que estão cheias? São rebobinadas e regravadas, ou são guardadas de alguma maneira, para que seu conteúdo possa ser usado contra nós em algum momento no futuro? Por exemplo, se um de nós for indicado para a Suprema Corte, será que uma fita mostrando essa pessoa jogando serpentina em *spray* no Leão Joe será disponibilizada para os repórteres, e usada para nos denegrir?"

"Pés no chão, Amelia!", Grandmère soltou um berro estridente, só porque eu tinha apoiado um pé na prateleirinha do púlpito, onde a gente deve guardar a bolsa ou algo assim.

"E o que dizer das garotas que usam os calções da equipe esportiva do namorado por baixo da saia?", prossegui. Preciso admitir que eu estava até me divertindo. As camareiras do Plaza estavam prestando total atenção em mim. Uma delas até bateu palmas quando eu falei do negócio das câmeras de vigilância que possivelmente seriam usadas contra nós se alguém fosse indicado para a Suprema Corte. "Por mais sexista que eu considere essa prática, será que é da conta da diretoria o que usamos ou deixamos de usar por baixo da saia? Eu digo que não! Não! Não ousem interferir nas MINHAS roupas de baixo!"

Uau! Essa última parte provocou um longo "oh" nas camareiras! Elas se levantaram, aplaudindo, como se eu fosse... sei lá, a J. Lo ou alguém assim!

Eu não fazia a menor ideia de que fosse uma oradora tão brilhante assim. Fala sério. Quer dizer, o negócio dos parquímetros não foi nada comparado a isso.

Mas Grandmère não ficou tão impressionada quanto os outros.

"Amelia", disse Grandmère, soltando uma plumagem de fumaça azul. "Princesas não batem no púlpito com os punhos quando fazem uma afirmação."

"Desculpe, Grandmère", disse eu.

Mas eu não achava que precisasse me desculpar. Para falar a verdade, eu fiquei mais animada. Eu não fazia ideia de como era divertido fazer um discurso para uma sala cheia de camareiras de hotel. Quando eu fiz o meu discurso no Parlamento genoviano sobre a questão dos parquímetros, quase ninguém tinha prestado atenção em mim.

Mas nesta noite, no hotel, aquelas mulheres ficaram na palma da minha mão. Fala sério.

Bom, mas provavelmente seria bem diferente se eu estivesse mesmo me dirigindo a um público formado por pessoas da minha idade. Tipo, se eu estivesse mesmo na frente da Lana e da Trisha e de todas elas, poderia ser um pouco diferente.

Tipo, eu podia vomitar em cima de mim mesma, de verdade.

Mas não vou me preocupar com isso, porque até parece que vai acontecer. Quer dizer, eu não vou participar de debate nenhum com a Lana. Porque ninguém disse nada sobre debate nenhum.

E mesmo que haja um, não vou ter de participar dele, de todo modo.

Porque Lilly disse que não. Que ela tem um plano.

Seja lá o que isso queira dizer.

Quarta-feira, 9 de setembro, no loft

Entrei no caos completo do *loft* da Thompson Street mais uma vez. Como a minha mãe e o Sr. G vão para Indiana no fim de semana, o pôquer das mulheres do sábado teve de ser transferido para hoje à noite. Então, todas as artistas feministas do grupo de pôquer da minha mãe estavam sentadas em volta da mesa da cozinha, comendo *moo goo gai pan* quando eu entrei.

    Também estavam fazendo muito barulho. Tanto que, quando eu chamei Fat Louie, ele nem veio. Eu balancei o saquinho de biscoitos de baixa caloria dele e tudo. Nada. Por um minuto, pensei até que Fat Louie tivesse fugido — tipo, que ele tinha conseguido sair de algum jeito na confusão das feministas entrando. Porque, sabe como é, ele não anda muito feliz de ter de compartilhar o *loft* com o novo bebê. Na verdade, tivemos de espantá-lo do berço do Rocky algumas vezes, porque ele parece pensar que aquela cama foi colocada ali para ele, porque é MESMO meio que do tamanho do Fat Louie.

    E reconheço que passo MESMO muito tempo com Rocky. E é o tempo que eu costumava passar com Fat Louie, fazendo massagens nele.

    Mas estou TENTANDO ser uma boa mãe — tento babar TANTO meu irmão QUANTO meu gato.

    Finalmente, encontrei-o escondido embaixo da minha cama... mas só a cabeça dele, porque é tão gordo que o resto dele não cabia, então a bundinha de gato dele estava arrebitada para cima.

Eu não o culpo por querer se esconder. As amigas da minha mãe sabem mesmo ser assustadoras.

Parece que o Sr. G concorda. Ele também estava escondido, descobri, no quarto que compartilha com a minha mãe, tentando assistir a um jogo de beisebol com Rocky. Ergueu os olhos todo assustado quando eu entrei para dar um beijo de oi no Rocky.

"Elas já foram embora?", ele quis saber, os olhos parecendo meio que agitados por trás dos óculos.

"Hmm", disse eu. "Elas ainda nem começaram a jogar."

"Droga." O Sr. G abaixou os olhos para o filho dele, que não estava chorando, por milagre. Ele geralmente fica bem quando a televisão está ligada. "Quer dizer, que pena."

Senti uma onda de solidariedade pelo Sr. G. Quer dizer, não é nada fácil ser casado com a minha mãe. Além de toda a loucura de ser pintora, ainda há o fato de ela ser fisicamente incapaz de pagar uma conta no dia certo, ou mesmo de ENCONTRAR a conta quando ela finalmente se lembra de que precisa ser paga. O Sr. G transferiu tudo para o banco *on-line*, mas não ajudou nada, porque todos os cheques que a minha mãe recebe pela venda de suas obras acabam perdidos em algum lugar esquisito, tipo no fundo da caixa da máscara antigás dela.

Juro que, entre a minha incapacidade de dividir frações e a incapacidade dela de assumir qualquer tipo de responsabilidade adulta — exceto por participar de passeatas políticas e amamentar —, é um milagre o Sr. G não se divorciar de nós.

"Você precisa de alguma coisa?", perguntei. "Umas costeletas? Camarão com molho de alho?"

"Não, Mia", respondeu o Sr. G com um olhar de longo sofrimento que eu conhecia muito bem. "Mas muito obrigado mesmo. Nós vamos ficar bem."

Deixei os rapazes sozinhos e fui até a cozinha para arrumar um pouco de comida para mim antes de voltar de fininho para o meu quarto e fazer todo o dever de casa. Por sorte, nenhuma das amigas da minha mãe prestou atenção em mim, porque elas estavam muito ocupadas reclamando que os músicos homens como o Eminem são responsáveis por transformar toda uma geração de jovens em misóginos.

Francamente, não dava para ficar lá parada e aguentar esse tipo de papo na minha própria casa. Talvez fosse por consequência da minha experiência fortalecedora de fazer um discurso na sala de conferências vazia do Plaza, só sei que larguei o meu prato de legumes *moo shu* e disse para as amigas da minha mãe que o argumento delas contra o Eminem era especioso (eu nem sei o que essa palavra quer dizer, mas ouvi Michael e Lilly a usarem várias vezes) e que se elas parassem um pouco para escutar "Cleaning out my closet" (que quer dizer "limpando o meu armário" e que, aliás, é uma das preferidas do Rocky), elas saberiam que as únicas mulheres que o Eminem detesta são a mãe dele e as vagabundas que tropeçam nele.

Essa afirmação, que eu achei bastante razoável, foi recebida com um silêncio total por parte das artistas feministas. Daí minha mãe falou assim: "A campainha está tocando? Deve ser Vern, do andar de baixo. Ele anda ficando aborrecido ultimamente quando acha que estamos dando uma festa e ele não foi convidado. Já volto."

E ela saiu apressada na direção da porta, apesar de eu não ter ouvido campainha nenhuma.

Então, uma das feministas disse assim: "Então, Mia, defender o Eminem é uma das coisas que a sua avó ensina para você durante as aulas de princesa?"

E todas as outras feministas riram.

Mas daí eu me lembrei que estava mesmo precisando de alguns conselhos do fronte feminista, então fiquei toda assim: "Ei, caras, quer dizer mulheres, vocês sabem se é verdade que os garotos de faculdade esperam que a namorada Faça Aquilo?"

"Hmm, não só os garotos de faculdade", respondeu uma das mulheres, enquanto as outras rolavam de rir.

Então, é verdade. Eu já devia saber. Quer dizer, eu estava meio que esperando que Lana só tivesse dito aquilo para fazer eu me sentir mal. Mas agora parece que ela estava mesmo falando a verdade.

"Você parece preocupada, Mia", disse Kate, artista performática que gosta de ficar parada no palco esfregando gordura de frango no corpo para fazer uma crítica à indústria de cosméticos.

"Ela está sempre preocupada", comentou Gretchen, soldadora especializada em fazer réplicas de partes do corpo. Especialmente da variedade masculina. "Ela é a Mia, está lembrada?"

Todas as artistas feministas rolaram de rir com isso também.

Isso fez com que eu me sentisse mal. Como se minha mãe andasse falando mal de mim pelas costas. Quer dizer, eu falo DELA pelas costas DELA, é claro. Mas é diferente quando sua própria mãe fica falando de VOCÊ.

Claramente, Lilly não é a única que acha que eu sou uma babona de bebê.

"Você passa tempo demais se preocupando com tudo, Mia." Becca, que faz obras com luz de néon, abanou o copo de margarita para mim, dando uma de sabichona. "Você deveria parar de pensar tanto. Eu não me lembro de pensar nem a metade do que você pensa quando eu tinha a sua idade."

"Porque você já tomava lítio quando estava com a idade dela", observou Kate.

Mas Becca ignorou o comentário.

"É por causa das lesmas?", quis saber Becca.

Eu só fiquei lá parada, piscando. "As o quê?"

"As lesmas", respondeu ela. "Sabe como é, aquelas que você jogou na baía. Você está preocupada porque todo mundo se aborreceu com isso?"

"Hmm", disse eu, imaginando se ela, assim como Tina, tinha visto isso no noticiário. "Acho que sim."

"É compreensível", disse Becca. "Eu também ficaria preocupada. Por que você não começa a fazer ioga?", sugeriu ela. "Isso sempre me ajuda a relaxar."

"Ou assiste a mais TV", sugeriu Dee, que gosta de criar totens e dançar em volta deles com pedaços de fígado amarrados embaixo dos braços.

Não dava para acreditar naquilo. Aquelas mulheres inteligentes estavam me falando para assistir a MAIS TV? Obviamente, não são amigas da Karen Martinez.

"Parem de implicar com a Mia." A Windstorm (que significa "tempestade de vento"), uma das amigas mais antigas da minha mãe E parteira E mestre espiritual E coreógrafa profissional, levantou-se para colocar mais gelo no liquidificador. "Ela tem o direito de pensar demais e de se preocupar o quanto quiser. Não existe nada mais estressante do que ter 15 anos, com a possível exceção de ser uma princesa de 15 anos."

Eu nunca tinha pensado nisso. SERÁ que eu penso demais? Será que as outras pessoas não pensam tanto quanto eu? Só que, de acordo com a Srta. Martinez, eu não penso o BASTANTE...

"Acho que foi um daqueles entregadores enfiando um cardápio por baixo da porta", disse minha mãe quando voltou para a mesa. "O que foi que eu perdi?"

"Nada", respondi, pegando meu prato e saindo apressada para o meu quarto. "Divirtam-se, caras, quer dizer, mulheres!"

Fico aqui me perguntando se Windstorm tem razão. Sobre esse negócio de eu pensar demais. Talvez esse seja o meu problema. Eu não consigo desligar o meu cérebro. Talvez outras pessoas sejam capazes de fazer isso, mas eu não sou. Na verdade, nunca tentei, é claro, porque quem é que vai querer ficar com a cabeça vazia? A não ser, você sabe, as irmãs Hilton. Porque provavelmente é mais fácil ficar na balada o tempo todo quando a gente não se preocupa com algas assassinas ou com o petróleo que vai acabar.

Mesmo assim, talvez isso tenha lá o seu valor. Eu mal consigo dormir à noite, de tanto que a minha cabeça fica girando de ideias, imaginando o que eu vou fazer se alienígenas aparecerem no meio da noite e tomarem conta de tudo, ou qualquer coisa assim. Eu

ADORARIA ser capaz de desligar a minha mente, do jeito que outras pessoas parecem ser capazes de fazer. Bom, isso se Windstorm estiver certa.

Aaaaa, Michael está me mandando uma mensagem instantânea agora!

SkinnerBx: E então, a gente ainda vai se ver no sábado?

Bem quando Michael perguntou isso, recebi outra mensagem instantânea.

WomynRule: BDB, o que você vai fazer no sábado?

Fala sério. Por que eu? POR QUÊ?

FtLouie: Não posso falar com você agora. Estou conversando com o seu irmão.

WomynRule: Fala para ele que mamãe vai transformar o quarto dele em um altar para o Reverendo Moon.

FtLouie: LILLY, VAI EMBORA!

WomynRule: Só fica com o sábado livre, certo? É importante. Tem a ver com a campanha.

FtLouie: Eu já marquei com o seu irmão no sábado.

WomynRule: O que, vocês vão Fazer Aquilo no sábado ou algo assim?

FtLouie: NÃO, NÃO VAMOS FAZER AQUILO NO SÁBADO. QUEM FOI QUE DISSE ISSO A VOCÊ?

WomynRule: Ninguém! Caramba! Não vem para cima de mim com ataque de princesinha. Por que você ficou tão brava com isso? A não ser que... Espera aí! VOCÊS VÃO FAZER???? E VOCÊ NEM ME CONTOU??????????

FtLouie: NÃO, PELA ÚLTIMA VEZ, NÃO VAMOS FAZER!!!!

SkinnerBx: Fazer o quê, do que você está falando?

AI MEU DEUS.

FtLouie: Não, essa mensagem era para Lilly!

SkinnerBx: Espera aí, Lilly está falando com você pelo computador agora também?

WomynRule: Não dá para acreditar que você vai Fazer Aquilo com meu irmão. Que coisa mais nojenta. Sabe como é, ele tem pelo nos dedos dos pés. Igual a um *hobbit*.

FtLouie: Lilly! CALA A BOCA!

SkinnerBx: Lilly está enchendo você? Fala para ela que, se não parar, eu vou contar para mamãe de quando ela fez o "experimento gravitacional" com os bonequinhos Hummel da vovó.

FtLouie: VOCÊS DOIS! PAREM COM ISSO!!!! VOCÊS ESTÃO ME DEIXANDO LOUCA!!!!

FtLouie: log-off

Sinceramente. AINDA BEM que eu sou uma babona de bebê, se isso significar que eu nunca vou ficar igual a esses dois aí.

Quinta-feira, 10 de setembro, Sala de Estudos

Ai.
Meu.
Deus.
É tudo o que eu tenho a dizer.

Quinta-feira, 10 de setembro, Educação Física

Estão até no ginásio. Não sei como ela conseguiu. Mas estão até PENDURADAS NAS CORDAS DO GINÁSIO.

Fala sério.

Estão nos chuveiros também. Envoltas em folhas de plástico, para não se molharem.

Sei que aprendemos em Saúde e Segurança que é fisicamente impossível morrer de vergonha, mas pode ser que eu me transforme na exceção à regra.

Quinta-feira, 10 de setembro, Geometria

ESTÃO EM TODA PARTE.

FOTOGRAFIAS ENORMES DO MEU ROSTO, COM A MINHA TIARA. COM O MEU CETRO. A foto foi feita quando eu fui apresentada formalmente ao povo da Genovia em dezembro do ano passado.

E, embaixo da minha foto, está escrito:

VOTE EM MIA.

E daí, embaixo:

PET.

PET. Que diabos isso QUER DIZER?????

Todo mundo está falando disso. TODO MUNDO. Eu estava aqui quietinha, sentada, revisando meu dever de casa na maior inocência, quando Trisha Hayes entrou e ficou toda assim: "Boa tentativa, PET. Mas não vai fazer a menor diferença. Você pode ser princesa, mas Lana é a menina mais popular da escola. Ela vai dizimar você na segunda-feira."

"Alguém aí andou estudando vocabulário", foi o que eu respondi à Trisha. Porque ela usou a palavra "dizimar".

Mas não era isso que queria ter dito. O que eu queria dizer era o seguinte: "NÃO FUI EU!!!! EU NÃO FIZ NADA DISSO!!!! EU NEM SEI O QUE *PET* QUER DIZER!!!!!"

Mas não consegui. Porque todo mundo estava olhando para nós. Inclusive o Sr. Harding. Que tirou cinco pontos do dever de casa da Trisha porque ela não estava no lugar dela quando o sinal tocou.

"Você não pode fazer isso", Trisha teve a infelicidade de dizer para ele.

"Hmm", respondeu o Sr. Harding. "Sinto muito, Srta. Hayes, mas acontece que posso, sim."

"Não durante muito tempo", disse Trisha. "Quando minha amiga Lana for presidente do conselho estudantil, ela vai acabar com os pontos tirados por atraso."

"E o que você tem a dizer sobre isso, Srta. Thermopolis?", quis saber o Sr. Harding. "Também faz parte da sua campanha acabar com os pontos tirados por atraso?"

"Hmm", disse eu. "Não."

"É mesmo?" O Sr. Harding pareceu interessar-se demais por aquilo. Mas eu acho que ele só se interessou porque considerou a coisa toda levemente hilária. De algum ponto de vista esquisito de professor. "E por quê?"

"Hmm", disse eu, sentindo as orelhas ficarem vermelhas. Isso porque dava para perceber que a sala toda estava olhando para nós. "Porque acho que vou me concentrar em coisas que interessam de verdade. Tipo a ausência de opções vegetarianas na cantina. E as câmeras que colocaram lá fora, perto do Joe, que infringem o nosso direito à privacidade. E o fato de que alguns professores por aqui não dão notas objetivas."

E para a minha ENORME surpresa, algumas pessoas no fundo da sala começaram a bater palmas. Mesmo. Igual àquele aplauso lento que fazem nos filmes, o tipo a que todo mundo acaba se juntando, até que se transforma em um aplauso bem rápido.

Só que o Sr. Harding cortou logo o mal pela raiz, antes que desse tempo para se transformar em um aplauso rápido, falando assim: "Muito bem, muito bem, já basta. Abram o livro na página 23 e vamos começar."

Ai, meu Deus. Esta coisa de presidente já saiu DEMAIS do controle.

Silogismo = argumento da fórmula a → b (primeira premissa) b → c (segunda premissa)
Portanto: a → c (conclusão)

SEI LÁ. Por que ela tinha de escolher uma foto com meu CETRO??? Eu estou com a maior cara de esquisitona.

Anotação pessoal: Olhar "dizimar" no dicionário.

Quinta-feira, 10 de setembro, Inglês

LILLY! ONDE FOI QUE VOCÊ ARRUMOU AQUELES PÔSTERES????

Onde você acha que arrumei? E vê se para de gritar comigo!

Não estou gritando. Estou perguntando muito calmamente... Você conseguiu aqueles pôsteres com minha avó?

Consegui, é claro que sim. O que você acha, que eu paguei com o meu dinheiro? Você faz alguma ideia de quanto custam pôsteres coloridos daquele tamanho? Eu teria gastado todo o orçamento anual de Lilly Tells It Like It Is *só para fazer as cópias!*

Mas eu achava que você odiava Grandmère! Por que você resolveu fazer uma coisa destas? Tipo, deixar a minha avó se envolver nisso?

Porque, caso você não tenha notado, esta eleição é importante para mim, Mia. Eu quero MESMO ganhar. A gente TEM DE ganhar. É o único jeito de impedir que esta escola se transforme em um estado completamente fascista sob o reino tirânico de Gupta Sem Coração.

Mas, Lilly. EU NÃO QUERO SER PRESIDENTE DO CONSELHO ESTUDANTIL.

Não se preocupe. Você não vai ser.

ISSO NÃO FAZ SENTIDO ALGUM! Quer dizer, Lilly, eu sei que todo mundo acha que Lana vai ganhar porque ela ganha tudo, mas as coisas estão ficando muito esquisitas mesmo. Hoje, na aula de Geometria, eu disse alguma coisa a respeito daquelas câmeras serem contrárias ao nosso direito à privacidade, e alguém começou a BATER PALMAS para mim.

Está acontecendo. Exatamente como eu SABIA que iria acontecer!

O que está acontecendo?????

Não importa. Só continue fazendo o que você já está fazendo. Está ótimo. É tão NATURAL... Eu nunca conseguiria ser tão natural assim.

MAS EU NÃO ESTOU FAZENDO NADA!

Essa é a melhor parte. Agora, vamos lá, presta atenção na aula. Você precisa saber estas coisas, se quer mesmo ser escritora e tudo o mais.

Lilly. Vai ter algum debate? Porque Grandmère disse alguma coisa a respeito de um debate.

Shhh. Presta atenção. Ei, aliás, o que está acontecendo entre você e o meu irmão? Vocês vão mesmo Fazer Aquilo?

PARA DE TENTAR MUDAR DE ASSUNTO! VAI TER ALGUM DEBATE?????

LILLY!!!!

LILLY!!!!!!!!!!!! RESPONDE!!!!!!

Acho que Lilly não vai responder. Posso fazer alguma coisa?

Ah. Oi, Tina. Não. É que... bom, acho que você não vai querer mandar o seu guarda-costas atirar em mim, vai? Porque eu acharia ótimo.

Hmm, Wahim não tem permissão para atirar em ninguém, a não ser que estejam tentando me sequestrar. Você sabe disso muito bem.

Eu sei. Mas, mesmo assim, gostaria de estar morta.

Sinto muito. É por causa do negócio da eleição?

Isso, e Michael, e tudo o mais.

Você e Michael conversaram, como eu falei para você fazer?

Não. Quando é que a gente poderia ter conversado? A gente nunca mais se vê porque ele tem aula o tempo todo, aprendendo um monte de jeitos novos para a gente morrer. E não dá para falar sobre Fazer Aquilo — neste caso, sobre NÃO Fazer Aquilo — ao telefone, nem pelo computador. É um assunto que precisa ser tratado cara a cara.

É verdade. Então, quando é que vocês vão conversar sobre isso?

No sábado, acho. Quer dizer, vai ser o dia em que vamos nos ver.

Muito bem! Você não adora a Srta. M com as roupas fofas dela? Quem diria que culotes PODERIAM ser assim tão fofas?

Mas sabe como é, alguém pode usar culotes e, mesmo assim não estar... hmm, certa.

Como assim? A Srta. Martinez SEMPRE está certa. Ela adora Jane Austen, não é mesmo?

Hmm, é. Mas talvez não seja pela mesma razão que nós.

Você está dizendo que não é porque Colin Firth sempre fica lindo quando mergulha naquele lago no canal A & E? Mas que outra razão EXISTE para adorar Jane Austen?

Deixa para lá. Finge que eu não disse nada.

Você acha que a Srta. M sabe que na vida real a Emma Thompson ficou com o cara que fez o papel do filho do Wiloughby???? Porque, apesar de ele ter feito o papel de um vilão em *Razão e sensibilidade***, tenho certeza de que ele é um cara muito legal. E, além do mais, Emma precisava encontrar o amor depois que aquele Kenneth Branagh a trocou pela Helena Bonham Carter.**

Às vezes eu gostaria de viver dentro da cabeça da Tina. Juro. Lá deve ser tudo muito mais tranquilo.

Quinta-feira, 10 de setembro, banheiro da Albert Einstein High School

Como é que eu sempre acabo aqui? Quer dizer, escrevendo o meu diário em um reservado do banheiro? Isso está se transformando em uma espécie de ritual ou algo do tipo.

Bom, mas tudo começou de maneira bem inocente. Estávamos falando a respeito do episódio de *OC — Um estranho no paraíso* de ontem à noite quando, do nada, Tina falou assim: "Ei, você já contou para Lilly?"

E Lilly ficou toda, tipo: "Contou o que para mim?"

E eu achei que Tina estivesse falando do negócio de Fazer Aquilo com o Michael e eu fiz o movimento com os lábios de VOCÊ JUROU até que ela disse: "Que seus pais vão para Indiana este fim de semana, é disso que eu estou falando", que eu devo ter mencionado a ela em um momento de fraqueza, apesar de eu não me lembrar.

Lilly olhou para mim, toda animada. "Vão mesmo? Que maravilha! A gente pode fazer outra festa!"

Acorda. É de se imaginar que Lilly, mais do que NINGUÉM, nunca mais iria querer ir a uma festa na minha casa. Ou pelo menos que seria um pouco mais sensível ao fato de que o ex dela, que ela PERDEU PARA SEMPRE na minha última festa, estava sentado bem ali.

Mas parecia que ela nem reparava, mesmo, ou então, que não estava nem aí.

"Então, que horas a gente pode passar lá?", quis saber ela.

"Só porque a minha mãe e o Sr. G vão viajar, isso NÃO significa que eu vou dar uma festa", gritei, tomada pelo pânico.

"Certo", disse Lilly, com ar pensativo. "Esqueci. Você é herdeira do trono da Genovia. Até parece que eles vão deixar você lá sozinha. Mas tudo bem. Acho que a gente consegue fazer Lars e Wahim irem para algum lugar juntos..."

"NÃO", disse eu, "não é isso. Não vou dar uma festa porque, da última vez que dei uma, foi um desastre completo."

"É", disse Lilly. "Mas, dessa vez, o Sr. Gianini não vai estar lá..."

"NADA DE FESTA", disse eu com a minha voz mais princesa possível.

Lilly só fungou e falou assim: "Só porque você tirou B em uma redação de inglês, não vem descontar em mim."

Ah, certo, Lilly, pode deixar. E só porque SEUS pais não confiam em você o bastante para deixar você sozinha em casa por causa daquela vez que você fez o sistema de *sprinklers* anti-incêndio do prédio disparar com o seu lança-chamas feito com isqueiro e *spray* de cabelo, não vem descontar em mim.

Só que, é claro, eu não disse isso alto.

"Espera aí", disse Boris. "VOCÊ tirou um B em uma redação de inglês, Mia? Como isso é possível?"

E daí eu não tive outra escolha a não ser dar a notícia para todo mundo que estava naquela mesa do almoço. Sabe como é, a respeito de a Srta. Martinez ser uma ultrafalsa total.

Todo mundo ficou chocado, é claro.

"Mas ela tem uns tamancos tão lindos!", berrou Tina, com o coração obviamente partido.

"Isso só serve para mostrar", disse Boris, "que não dá para saber o que existe dentro do coração de uma pessoa pela maneira como ela se veste."

Mas não faz mal. Enfiar o suéter para dentro da calça não fica bem em NINGUÉM.

"Ela provavelmente teve boa intenção", disse Tina, já que ela sempre tenta encontrar o lado bom de todo mundo.

"Nunca existe uma boa justificativa para acabar com o espírito artístico", disse Ling Su — e como ela sabe desenhar melhor do que qualquer outra pessoa da escola inteira, ela deve saber. "Muitas pessoas consideradas críticos ou resenhistas tinham *boa intenção* quando acabaram com o trabalho dos impressionistas no século XIX. Mas se artistas como Renoir e Monet tivessem seguido o conselho dessas pessoas, algumas das maiores obras de arte do mundo nunca teriam sido criadas."

"Bom, eu não compararia os meus textos exatamente a um quadro do Renoir", senti a obrigação de dizer. "Mas valeu, Ling Su."

"O negócio é que, mesmo que o texto da Mia seja MESMO uma porcaria", disse Boris, do jeito direto dele de sempre, "será que uma professora tem o direito de dizer isso a ela?"

"Isso meio que parece antieducacional", disse Shameeka.

"A gente precisa fazer alguma coisa a respeito disso", disse Ling Su. "Mas a questão é: o quê?"

Mas antes que pudéssemos pensar em alguma coisa, uma sombra negra caiu sobre a nossa mesa de almoço, e nós erguemos os olhos, e lá estava...

Lana.

O coração de cada um de nós se apertou no peito. Bom, pelo menos foi o que aconteceu com o meu.

Lana estava acompanhada do novo Grand Moff Tarkin do Darth Vader dela, Trisha Hayes.

"Gostei dos seus pôsteres, PET", disse Lana. Só que, é claro, estava sendo sarcástica. "Mas eles não vão servir para nada."

"É", disse Trisha. "Nós fizemos uma pesquisa aleatória na cantina e, se a eleição fosse hoje, você só teria 16 votos."

"Você está dizendo que tem 16 pessoas nesta cantina", disse Lilly, com muita calma, enquanto tirava a cobertura de chocolate de um bolinho, "que estavam dispostas a dizer na sua cara que não vão votar em você? Meu Deus, eu não fazia a menor ideia de que tinha tantos masoquistas nesta escola."

"Continua aí comendo o seu chocolatinho, sua gorda", disse Lana, "e a gente vai ver só quem é masoquista".

"É um bolinho que ela está comendo", esclareceu Boris, porque é o tipo de coisa que Boris faz.

Lana nem olhou para ele.

"E sabe o que mais?", disse Lana. "Vou destroçar você no debate de segunda-feira, durante a assembleia. Ninguém na Albert Einstein quer uma despejadora de lesmas como presidente."

Despejadora de lesmas! Isso é quase tão ruim quanto ser chamada de babona de bebê!

Mas antes que eu tivesse oportunidade de defender minha atitude de despejar lesmas no mar, Lana saiu saltitante.

Como eu não queria humilhar Lilly por gritar com ela na frente de seu ex, principalmente agora que ele está gostoso, eu só olhei para ela e disse assim: "Lilly, banheiro. AGORA."

Para minha surpresa, ela me seguiu até lá.

"Lilly", disse eu, lembrando todas as lições a respeito de como lidar com as pessoas que Grandmère havia me dado. Não que Grandmère tenha de fato me ensinado alguma coisa útil sobre como lidar com as pessoas. É que é tão difícil lidar com Grandmère que eu meio que fui aprendendo pelo caminho. "Isso aqui já foi longe demais. Eu nunca quis concorrer ao cargo de presidente do conselho estudantil para começo de conversa, mas você ficou dizendo que tinha um plano. Lilly, se você tem mesmo um plano, quero saber qual é. Porque estou cansada de todo mundo ficar me chamando de *PET* — seja lá o que isto queria dizer. E NÃO TEM A MENOR CHANCE de eu fazer um debate com Lana na segunda. NÃO TEM A MENOR CHANCE MESMO."

"Princesa em treinamento", foi tudo o que Lilly teve a dizer a respeito do assunto.

Eu fiquei só olhando para ela como se fosse caso de internação psiquiátrica. O que, tenho bastante certeza, ela é.

"Princesa em treinamento", disse ela de novo. "É isso que PET quer dizer. Já que você perguntou."

"Eu já disse a você", falei com os dentes cerrados, "para não me chamar mais assim."

"Não", disse Lilly. "Você disse para não te chamar de babona de bebê nem de PDG — princesa da Genovia. Não falou nada de PET — princesa em treinamento."

"Lilly." Meus dentes continuavam bem cerrados. "Eu não quero ser presidente do conselho estudantil. Eu já tenho problemas suficientes neste momento. Não preciso disso. Não preciso fazer um debate com Lana Weinberger na segunda-feira, na frente da escola inteira."

"Você quer que esta escola seja um lugar melhor ou não?", quis saber Lilly.

"Quero", respondi. "Quero sim. Mas não tem jeito, Lilly. Não dá para ganhar da Lana. Ela é a menina mais popular da escola. Ninguém vai votar em mim."

Naquele momento, apesar de eu achar que estávamos sozinhas no banheiro, alguém deu a descarga. Em seguida, uma menininha pequenininha e caloura saiu de um reservado e foi até a pia lavar as mãos.

"Hmm, dá licença, Vossa Alteza", disse ela para mim, depois de Lilly e eu ficarmos olhando para ela sem falar nada, pasmas, durante vários segundos. "Mas eu realmente admiro aquela coisa que você fez com as lesmas. E eu *pretendo* votar em você."

Então ela jogou a toalha de papel no lixo e saiu.

"Ha!", disse Lilly. "HA HA! Viu? Eu FALEI! Alguma coisa está ACONTECENDO, Mia. É como se todo o ressentimento que as pessoas têm em relação à Lana e à laia dela estivesse vindo à superfície. As pessoas estão cansadas do reino das pessoas. Querem uma rainha nova. Ou uma princesa, como pode ser o caso."

"Lilly..."

"Só continue fazendo o que você está fazendo, e tudo vai dar certo."

"Mas, Lilly..."

"E fique com o dia de sábado livre. Você pode fazer sei-lá-o-que que vai fazer com o meu irmão à noite. Deixe só o dia para mim."

"Lilly, eu não QUERO ser presidente", berrei.

"Não se preocupe", disse Lilly, dando um tapinha de leve na minha bochecha. "Você não vai ser."

"Mas eu também não quero perder para Lana de um jeito humilhante na eleição estudantil!"

"Não se preocupe", disse Lilly, ajeitando uma das várias presilhas dela, se olhando no espelho em cima da pia. "Não vai perder."

"Lilly", disse eu. "COMO É QUE ESSAS DUAS COISAS NÃO VÃO ACONTECER???? É IMPOSSÍVEL!!!!"

Mas daí o sinal tocou e ela foi embora.

Fico imaginando se tem algum distúrbio no Yahoo! Health que esclareça o que há de errado com a minha melhor amiga.

Quinta-feira, 10 de setembro, Governo dos EUA

TEORIAS DE GOVERNO (cont.)

TEORIA DA FORÇA
A religião e a economia têm papéis importantes na história. Como resultado, a teoria diz o seguinte:

Os governos sempre forçaram o povo que comandam a pagar tributos ou impostos.

Isso passou a ser sancionado pelo costume e as pessoas desenvolveram mitos e lendas para justificar quem as comanda.

É mais ou menos o modo como as pessoas aceitam que os esportistas e as animadoras de torcida mandem nesta escola, apesar de essa gente não ter necessariamente as melhores notas, então até parece que formam o grupo mais inteligente aqui, e essas pessoas nem tentam ser simpáticas com aqueles de nós que não comem, bebem e respiram esportes e baladas. Como é que eles têm QUALIFICAÇÃO para nos liderar? E, no entanto, a palavra deles é lei e todo mundo lhes presta tributo quando não chama atenção para as crueldades que eles fazem com os outros ou não os deduram quando eles desrespeitam o regulamento da escola na cara dura, tipo fumar na área da escola e usar o calção do namorado por baixo da saia. Isso está totalmente errado. As más ações de alguns poucos estão surtindo impacto negativo sobre a maioria, e isso não é justo. Fico aqui imaginando o que John Locke teria a dizer sobre isso.

Quinta-feira, 10 de setembro, Ciências da Terra

Por que Kenny não para de falar da namorada dele? Tenho certeza de que ela é legal e tudo o mais, mas, fala sério, será que ele PRECISA continuar recitando cada conversa que já teve com ela no meu ouvido?

Campo magnético

1. Não é constante — varia em força mas é dificilmente detectado
2. Reversão dos polos — número de vezes que os polos se reverteram
3. Reversão do campo magnético — quando há reversão de polos, o campo desaparece, permitindo que os íons atinjam a Terra, mutações, fenômenos climáticos etc.

A última reversão importante ocorreu há 800 mil anos, as partículas magnéticas que apontavam para o norte mudaram de direção para apontar para o sul

DEVER DE CASA

Educação Física: não disponível
Geometria: exercícios, páginas 33-35
Inglês: *Strunk and White*, páginas 30-54
Francês: *lisez* L'Étranger *pour lundi*
Superdotados & Talentosos: não disponível
Governo dos EUA: Definir a teoria de gov. da força
Ciências da Terra: perturbações orbitais

Quinta-feira, 10 de setembro, na limusine, voltando do Plaza para casa

Então, quando eu entrei na suíte de Grandmère no Plaza hoje à tarde para minha aula de princesa, adivinha só o que eu encontrei lá?

Um teste surpresa a respeito de como organizar as cadeiras de um banquete diplomático com chefes de Estado? Ah, não.

Uma valsa que eu precisava aprender para algum baile? Nã-nã.

Porque esse tipo de coisa seria de se ESPERAR de uma aula de princesa. E parece que Grandmère gosta de me deixar sempre na expectativa.

Em vez disso, encontrei umas duas dúzias de jornalistas reunidos na suíte dela, todos ansiosos para conversar a respeito da minha campanha para presidente do conselho estudantil comigo e com a responsável pela minha campanha, Lilly.

É isso mesmo. Lilly. Lilly estava lá sentada, tranquilona, em um sofazinho de veludo azul com Grandmère, respondendo às perguntas dos repórteres.

Quando os jornalistas me viram entrar, todos se ergueram de um pulo e enfiaram microfones na minha cara, em vez da Lilly, e falaram assim: "Vossa alteza, Vossa alteza! Está ansiosa pelo debate na segunda-feira?" e "Princesa Mia, quer fazer alguma declaração para os seus eleitores?".

Tinha uma coisa que eu queria dizer para uma eleitora. E era o seguinte: "LILLY! O QUE VOCÊ ESTÁ FAZENDO AQUI?"

Foi quando Grandmère entrou em ação. Ela se apressou na minha direção, colocou o braço em volta do meu ombro e falou assim: "Sua cara amiga Lilly e eu estávamos aqui conversando com estes repórteres simpáticos a respeito da sua campanha para presidente do conselho estudantil, Amelia. Mas eles gostariam mesmo de ouvir uma declaração sua. Por que você não faz a gentileza de lhes dar uma?"

Quando Grandmère vem com essa de *gentileza*, já dá para saber que está armando alguma coisa. Mas é claro que eu já sabia disso, porque Lilly estava lá. Como é que ela conseguiu chegar ao Plaza tão rápido? Deve ter pegado o metrô, enquanto eu ficava presa no trânsito com a limusine.

"Sim, *princesa*", disse Lilly, esticando o braço para pegar a minha mão, e depois me puxando — de um jeito nada delicado — para eu me sentar no sofazinho ao lado dela. "Fale a estes repórteres simpáticos a respeito das reformas que você pretende implementar na AEHS."

Inclinei-me para a frente, fingindo que ia pegar um sanduíche de agrião da bandeja que a camareira de Grandmère tinha preparado para os repórteres, que estão sempre com fome, e não só de notícias. Mas daí, quando peguei um daqueles sanduichinhos gostosos, assoprei no ouvido da Lilly: "Agora você foi longe demais."

Mas Lilly só deu um sorriso simpático para mim e disse: "Acho que a princesa quer um pouco de chá, Vossa Alteza"; ao que Grandmère respondeu imediatamente: "Mas é claro. Antoine! Chá para a princesa!"

A entrevista coletiva demorou cerca de uma hora, com repórteres do país inteiro me enchendo de perguntas sobre a minha plataforma de campanha. Eu fiquei ali pensando que, naquele dia, não devia estar acontecendo nada MESMO para a minha campanha para presidente do conselho estudantil ser classificada como uma boa reportagem, quando um dos repórteres fez uma pergunta que esclareceu por que Grandmère estava tão interessada que eu me fizesse de idiota na frente do país todo, e não apenas dos meus colegas da AEHS.

"Princesa Mia", perguntou um jornalista do jornal *Indianapolis Star*. "É verdade que a única razão para a sua disputa pelo cargo de presidente do conselho estudantil — e a única razão por que nós fomos convidados para vir aqui hoje — é que a sua família está tentando desviar a atenção da imprensa da notícia que está nas manchetes da Europa inteira — o seu ato de ecoterrorismo, relativo ao despejo de dez mil lesmas na baía da Genovia?"

De repente, duas dúzias de microfones foram enfiados na minha cara. Eu pisquei algumas vezes, daí falei assim: "Mas não foi um ato de ecoterrorismo. Eu fiz isso para salvar..."

Daí Grandmère estava batendo palmas e falando assim: "Quem quer um bom copo de *grappa*? Vamos lá, é a verdadeira *grappa* da Genovia. Ninguém pode resistir a esta delícia!"

Mas nenhum dos repórteres se deixou seduzir.

"Princesa Mia, gostaria de comentar a respeito do fato de a Genovia estar atualmente correndo o risco de ser expulsa da União Europeia graças ao seu ato egoísta?"

Outro gritou: "Como Vossa Alteza se sente sabendo que é a única responsável pela destruição da economia de sua nação?"

"O... o quê?" Não dava para acreditar. Do que é que aqueles repórteres estavam falando?

Para variar, Lilly veio em minha defesa.

"Pessoal!", ela se levantou de um salto e gritou. "Se vocês não tiverem mais perguntas sobre a campanha da Mia para presidente da escola, então acho que vou ter de pedir para que vocês saiam!"

"Uma distração!", gritou alguém. "Isso aqui não passa de uma distração para nós não falarmos da notícia de verdade!"

"Princesa Mia, Princesa Mia", gritou uma outra pessoa, quando Lars começou a tocar — ou, para ser mais exata, a empurrar com o corpo — todos os repórteres para fora da suíte. "Vossa Alteza faz parte do FLT, a Frente de Libertação da Terra? Quer fazer uma declaração em nome de outros ecoterroristas como Vossa Alteza?"

"Bom", disse Grandmère, virando metade de um Sidecar de um gole quando Lars finalmente fechou as portas atrás dos últimos repórteres. "Tudo correu bem, não foi mesmo?"

Não dava para acreditar. Só fiquei lá sentada, completamente chocada. Ecoterrorismo? FLT? Tudo isso por causa de algumas LESMAS????

Lilly pegou seu Palm Pilot (quando foi que ela arrumou isso???) e foi até o lugar em que Grandmère estava.

"Certo. Então, temos a revista *Time* às seis, e a *Newsweek* às seis e meia", disse Lilly. "Recebi um contato da NPR, a Rádio Pública Nacional, e realmente acho que nós deveríamos encaixá-los hoje à noite — na hora que todo mundo está no trânsito, sabe como é. E recebemos um pedido do canal local New York One para que Mia apareça na transmissão de hoje à noite de *Inside Politics*. Consegui fazer o pessoal jurar que não vai perguntar nada sobre a palavra que começa com E. O que você acha?"

"Maravilha", disse Grandmère, tomando mais um gole de Sidecar. "E Larry King?"

Lilly deu um tapinha no fone que tinha colocado na orelha e disse: "Antoine? Você já conseguiu falar com Larry K? Não? Bom, providencie."

Larry K? A palavra que começa com E? O que está ACONTECENDO?

E foi exatamente o que eu choraminguei.

Grandmère e Lilly olharam para mim como se tivessem acabado de perceber que eu estava lá.

"Ah", disse Lilly, tirando o fone. "Mia. Certo. A coisa do ecoterrorismo? Não se preocupe. Faz parte do jogo."

FAZ PARTE DO JOGO???? Desde quando a Lilly usa esse tipo de linguagem?

"Nós não queríamos aborrecê-la, Amelia", disse Grandmère com tranquilidade, enquanto acendia um cigarro. "Não é nada, mesmo. Diga uma coisa, você está gostando do seu cabelo ultimamente? Será que não ficaria melhor se estivesse... um pouco mais curto?"

"O que está acontecendo?", quis saber eu, ignorando a pergunta que ela fez sobre o meu cabelo. "A Genovia vai MESMO ser expulsa da União Europeia por causa do que eu fiz com as lesmas?"

Grandmère soltou uma penugem comprida de fumaça azul.

"Não se eu puder dizer alguma coisa a esse respeito", me informou ela, como quem não quer nada.

Parecia que o meu coração tinha se contorcido dentro do peito. É verdade!

"Eles podem fazer isso?", perguntei. "A União Europeia pode mesmo nos expulsar por causa de algumas lesmas?"

"Claro que não." Esta veio do meu pai, que entrou na sala com um celular colado na orelha. Senti um alívio momentâneo, até perceber que ele não estava falando comigo. Estava falando no celular.

"Não", berrou ele a quem quer que estivesse do outro lado da linha, enquanto se inclinava para pegar um punhado dos sanduíches que tinham sobrado na bandeja, então voltou para a suíte dele. "Ela agiu completamente por conta própria, e não em nome de qualquer organização global. É mesmo? Bom, é uma pena que você pense assim. Quem sabe, quando tiver uma filha adolescente, poderá entender do que eu estou falando."

Bateu a porta ao sair.

"Bom", disse Grandmère, apagando o cigarro e esticando o braço para pegar o resto do Sidecar dela. "Então, vamos discutir a plataforma da Amelia?"

"Que ideia excelente!", respondeu Lilly, e apertou alguns botões do Palm Pilot.

Então, pelo menos agora eu sei por que GRANDMÈRE está tão interessada neste negócio de presidência. É a única ideia que ela conseguiu ter para desviar a atenção dos repórteres daquela coisa toda de a Genovia ser expulsa da União Europeia por causa do tal ato de ecoterrorismo.

Mas qual é a desculpa da LILLY? Quer dizer, ela é a ÚLTIMA pessoa que eu achei que Grandmère conseguiria trazer para o lado negro.

Até tu, Lilly?

Meu pai voltou para a sala entre a entrevista para a *Time* e a da *Newsweek*. Parecia estressado demais. Eu me senti muito mal mesmo, e pedi desculpa a ele a respeito da coisa de despejar lesmas e tal.

Ele pareceu não se abalar muito com aquilo.

"Não se preocupe muito com isso, Mia", disse ele. "Nós certamente conseguiremos superar essa, se eu convencer a todo mundo que você agiu por conta própria e no papel de simples cidadã, e não como regente."

"E talvez", completei, cheia de esperança, "quando as pessoas virem que as lesmas só fizeram coisas boas e nada de ruim, vão mudar de ideia."

"Esse é que é o problema", disse meu pai. "As suas lesmas não estão fazendo absolutamente nada. De acordo com os últimos relatórios que eu recebi do Esquadrão Genoviano Real de Mergulho com Tanque, elas só estão lá paradas. Não estão, como você afirmou com tanta veemência, comendo aquela porcaria de alga."

Aquilo foi muito desanimador de se ouvir.

"Talvez elas ainda estejam em estado de choque", disse eu. "Quer dizer, foram trazidas de avião da América do Sul. Provavelmente nunca estiveram assim tão longe de casa. Vai ver que demora um pouco até elas se acostumarem ao novo ambiente."

"Mia, já faz quase duas semanas que elas estão lá. Em duas semanas, é de se pensar que elas vão ter um pouco de fome e comer alguma coisa."

"É, mas talvez elas tenham comido muito no avião", disse eu, me sentindo desesperada. "Quer dizer, eu pedi para que tivessem o maior conforto possível durante o transporte..."

Meu pai só ficou lá olhando para mim.

"Mia", disse ele. "Faça-me um favor. Daqui por diante, se você tiver alguma outra ideia mirabolante para salvar a baía das algas assassinas, pergunte para mim primeiro."

Ai.

Coitado do meu pai. É difícil mesmo ser príncipe.

Saí logo depois disso. Mas Lilly ficou. LILLY FICOU COM MINHA AVÓ. Porque ainda não tinha conseguido falar com Larry. Lilly me disse que, se conseguisse me colocar no programa de entrevistas *Larry King*, eu acabaria com Lana na segunda-feira, sem dúvida alguma.

Mas eu discordo. Se fosse em um programa de entrevistas da MTV, quem sabe. Mas ninguém na AEHS assiste ao canal de notícias CNN. Tirando Lilly, é claro.

Bom, mas, de todo jeito, agora eu sei por que Grandmère gostou tanto da ideia de eu concorrer à presidência do conselho estudantil.

Mas o que LILLY vai ganhar com isso? Quer dizer, pensando em como ela ficou brava com o negócio da câmera de vigilância, ELA é quem deveria disputar a presidência. Aliás, o que ela está armando, hein?

Quinta-feira, 10 de setembro, no loft

Então, adivinha só onde eu vou ficar enquanto minha mãe e o Sr. G estiverem viajando? Certo. No Plaza.

COM GRANDMÈRE.

Ah, vão arrumar um quarto só para mim. PODE ACREDITAR. Eu não vou dormir DE JEITO NENHUM na mesma suíte de Grandmère. Não depois daquela vez que ela se hospedou no *loft*. Eu mal consegui pregar os olhos durante todo o tempo que ela passou lá, de tanto que ela roncava. Dava para ouvir lá da sala.

Isso sem contar que ela é a maior porca no banheiro.

Acho que eu já estava meio que esperando por isso. Quer dizer, minha mãe e o Sr. G não iam mesmo me deixar ficar sozinha no *loft*. Mesmo que, tipo, toda a Guarda Real Genoviana fosse posicionada no telhado do prédio, pronta para abater qualquer sequestrador internacional de princesas em potencial. Não depois do que aconteceu na minha festa de aniversário.

Não que eu me importe com isso. Não agora que sou responsável por fazer com que o país que um dia eu vou governar seja o mais detestado da Europa. O que é uma coisa bem difícil já que, sabe como é, a França existe.

Eu realmente não achei que fosse possível ficar mais estressada do que eu já estou, levando em conta que:

- Acho que já estou levando pau em Geometria, depois de apenas três dias de aula.
- Minha melhor amiga está me obrigando a disputar a presidência do conselho estudantil contra a menina mais popular da escola, que vai me esmagar como um inseto em uma derrota humilhante na frente de todo o corpo estudantil na segunda-feira.
- Minha professora de inglês — aquela que me deixou tão animada e que, eu tinha certeza, ajudaria a fazer de mim o tipo de escritora que eu sei, no fundo, que tenho o potencial de ser — parece achar que o meu texto é tão ruim que nunca deveria ser liberado para ser lido pelo público inocente. Bom, mais ou menos.
- Parece que meu namorado espera que eu Faça Aquilo.
- Sou uma babona de bebê.

E como se eu já não tivesse de agradecer a Deus por tudo isso, ainda preciso acrescentar que fiz dez mil lesmas serem transportadas de avião da América do Sul até a Genovia e jogadas na baía, na esperança de que acabariam com as algas assassinas que estão destruindo nosso ecossistema tão delicado, mas aí descobri que, aparentemente, as lesmas sul-americanas não gostam de comida europeia e que os vizinhos da Genovia agora não querem mais saber da gente. Caramba!

Por que é que eu não consigo fazer NADA certo?

Talvez Becca tenha razão. Talvez eu devesse *mesmo* praticar ioga. Só que eu já tentei uma vez, com Lilly e a mãe dela na ACM da 92nd Street, e queriam que eu arrebitasse a bunda para cima o tempo inteiro. Como é que arrebitar a bunda para cima pode deixar a gente menos estressada? Só fez com que eu ficasse MAIS estressada, porque fiquei pensando o que todo mundo devia estar achando da minha bunda.

Normalmente, quando quero acalmar meus nervos em frangalhos, eu escrevo um poema ou algo assim.

No entanto, para mim, é impossível escrever poesia, sabendo, como sei, neste exato momento, que Karen Martinez está lendo o pedaço da minha alma que entreguei a ela. Espero que ela esteja consciente de que segura entre os dedos com unhas cobertas de esmalte preto todos os meus sonhos de ter sucesso enquanto romancista — ou pelo menos jornalista internacional perspicaz. Sinceramente, espero que ela não os esmague como se fossem um inseto embaixo da pata gordona do Fat Louie.

Eu sei, e você sabe, que vai ser bem difícil eu CONSEGUIR escrever alguma coisa quando assumir o trono, já que vou estar muito ocupada implorando para que a União Europeia nos aceite de volta e tudo o mais.

Mas acho que eu ia gostar de ver um livro ou pelo menos uma reportagem de jornal com as palavras "por Mia Thermopolis" escritas.

Agora eu preciso ir lá ver se a minha mãe está a par de todas as regulamentações de segurança nos aviões. Quer dizer, eles nem compraram um assento para o Rocky. Ela vai ter de ficar com ele no colo o tempo todo. Espero que, no caso de o avião cair, ela esteja preparada para usar o corpo como escudo humano para impedir que o Rocky seja consumido por um incêndio de grandes proporções.

Também preciso ter certeza de que o Sr. G vai contar o número de fileiras entre o assento deles e a saída de emergência mais próxima, para o caso de o avião cair na água e as luzes se apagarem; assim ele vai poder conduzir minha mãe e Rocky em segurança para fora.

Quinta-feira, 10 de setembro, no loft, mais tarde

Caramba! Mas que gente mais sensível! Não sei por que ficaram tão bravos. É importante conhecer as regras de segurança a bordo de um avião. Quer dizer, é por isso que as empresas de aviação colocam aqueles cartões na bolsa das poltronas. Acorda. Ainda bem que eu os coleciono há anos, então pude usá-los para a minha exposição a respeito da segurança dos bebês agora há pouco.

Era de se esperar que as pessoas apreciassem um pouco mais meu espírito de iniciativa.

Alguém está me mandando uma mensagem instantânea.

Aaaaaaaaaaaaaaaa, é Michael.

SKINNERBX: Ei! Você está em casa! Eu vi você na TV, no New York I

FTLOUIE: Você VIU aquilo??? Ai meu Deus, que vergonha.

SKINNERBX: Não, você estava bem. Mas é verdade o negócio da União Europeia?

FTLOUIE: Parece que sim. Mas meu pai disse que vai ficar tudo bem. Ele acha. Ele espera.

SKINNERBX: Eles deviam ter vergonha. Será que não sabem que você só estava tentando corrigir o erro DELES?

FtLouie: Totalmente. Como foi o seu dia?

SkinnerBx: Ótimo. Hoje, no meu seminário de Criação de Políticas da Incerteza, discutimos o fato de as imagens de satélite terem revelado que o parque nacional de Yellowstone é na verdade uma enorme caldeira, ou um supervulcão, que basicamente é um depósito subterrâneo de magma que explode a cada 600 mil anos, e que agora a erupção está uns 40 mil anos atrasada. Além do mais, quando explodir, as cinzas vulcânicas vão poder alcançar o estado do Iowa, a erupção vai ser 2.500 vezes mais forte do que a do monte Santa Helena e vai matar dezenas de milhares de pessoas imediatamente, e milhões de pessoas como consequência do inverno nuclear resultante. A menos, é claro, que nós possamos descobrir uma maneira de aliviar a pressão agora para prevenir uma catástrofe global.

Certo, eu PRECISO dizer. *Que tipo de faculdade é esta que Michael está frequentando, hein?*

SkinnerBx: Bom, mas queria saber se a sua mãe e o Sr. G vão mesmo viajar neste fim de semana.

FtLouie: Vão. E me obrigaram a ficar com GRANDMÈRE.

SkinnerBx: Que barra. Em um quarto só para você?

FtLouie: CLARO QUE SIM! Mas é no mesmo andar. Espero que não dê para ouvir os roncos dela através das paredes.

SkinnerBx: O seu pai coloca guarda-costas no corredor do andar? Ou eles só ficam nos quartos vizinhos?

Meu Deus, mas às vezes ele faz mesmo umas perguntas estranhas. Os meninos são tão ESQUISITOS.

FtLouie: Lars e os outros caras ficam no andar de baixo.

SkinnerBx: Tem câmeras de vigilância?

A família Moscovitz está com uma paranoia total em relação a câmeras de vigilância ultimamente.

FtLouie: Não, não há câmeras de vigilância. Bom, quer dizer, o hotel provavelmente deve ter. Igual em *Encontro de amor*. Mas a GRG não tem.

GRG é a abreviação de Guarda Real Genoviana, da qual Lars é integrante.

FtLouie: Por que tantas perguntas, aliás? Você está pensando em se esgueirar para lá e roubar as joias da coroa? Você já tem uma pedra da lua. O que mais pode querer? Ha ha.

SkinnerBx: Ha ha. É, não, eu só estava imaginando. Então, você vai vir aqui no sábado, certo?

FtLouie: Esta é a única coisa que eu QUERO DA VIDA NESTE MOMENTO.

SkinnerBx: Eu sei. Também estou com saudade.

Ahhhhhhhhhhhhhhh. Quer dizer, fala sério. Pode até não ser muito feminista da minha parte, mas eu adoro quando ele diz — ou escreve — coisas assim. Na verdade, quando escreve é melhor, porque daí eu tenho provas concretas, sabe como é. De que ele me ama.
Então ouvi um som bem conhecido.

FtLouie: Michael, preciso ir, Rocky-alerta.

SkinnerBx: Já entendi. Câmbio e desligo.

Sabe, acho mesmo que Lana está errada. Nem TODOS os garotos de faculdade esperam que a namorada Faça Aquilo. Porque Michael não disse NENHUMA palavra sobre isso para mim.
E uma vez, depois de ele pagar algumas fatias de *pizza* no Ray's, ele deixou a carteira na mesa e eu a examinei — enquanto ele estava no banheiro —, porque tenho curiosidade de saber o que os meninos guardam na carteira, e eis o que eu encontrei:

- Quarenta e oito dólares
- Um passe de metrô
- Carteirinha do planetário Hayden
- Carteirinha da escola

- Carteira de motorista
- Cartão de desconto na Forbidden Planet Comic Superstore
- Cartão da biblioteca pública da cidade de Nova York

Mas nada de camisinha.

O que simplesmente serve para mostrar que o meu namorado, com toda certeza, tem outras coisas em mente que não sexo.

Como a futura crise energética. E desastres globais em potencial causados por supervulcões.

O que é bem mais do que Lilly pode dizer sobre Boris.

Quer dizer, Tina.

Tanto faz.

Talvez eu e Michael nunca PRECISEMOS ter A Conversa

Sexta-feira, 11 de setembro, Educação Física

Eu detesto tanto esta garota...

Sexta-feira, 11 de setembro, Geometria

Fala sério, será que ela não desiste?

Teorema = afirmação que pode ser provada por meio do raciocínio dedutivo a partir de afirmações já aceitas.

>Ela só disse aquilo para me deixar louca de raiva.
>Certo?
>Porque não pode ser verdade. NÃO PODE ser.

>Pode?

Sexta-feira, 11 de setembro, Inglês

O que foi AQUILO?????

O quê? Ah, aquele negócio de apertar? O que é que eu vou querer com uma coisa idiota no formato de um pompom que diz VOTE NA LANA? Eu detesto a Lana. Você faz ideia do que ela disse hoje em Educação Física? NA FRENTE DA LILLY????

O quê?????

Ela disse que os garotos de faculdade que têm namoradas que não querem Fazer Aquilo, eles as trocam por garotas que fazem.

ELA NÃO FEZ ISSO.

Ah, fez sim. Bem no chuveiro. Bem na frente de todo mundo. Na frente da Lilly. Que agora vai contar para Michael.

Não vai nada! Por que contaria?

Porque ele é irmão dela.

Ela não vai contar. Tem umas coisas que a gente simplesmente não conta para o irmão. Pode acreditar, Mia, eu tenho irmão. Eu sei.

Tina. O seu irmão tem três anos.

Certo, mas tanto faz. Lilly não vai contar para o Michael. Aliás... o que ela disse quando ouviu isso?

Ela disse para a Lana ir lá colocar o calção de ginástica dela e não encher.

Está vendo??? Eu disse.

Mesmo assim!!!! Você sabe o que MAIS ela disse? Lana, quer dizer Ela disse que os garotos PRECISAM Fazer Aquilo, porque, se não fizerem, a coisa toda se acumula e eles enlouquecem.

Espera aí... o que é que se acumula aonde?

VOCÊ SABE. Lembre-se das aulas de Saúde e Segurança. Ano passado.

ECAAAAAAAAAAAAAA!!!!!!!!!!!! E é mentira. Não se acumula. Se não, o Sr. Wheeton teria dito.

Mas isso serviria para explicar por que os garotos cujas namoradas não Fazem Aquilo as trocariam por alguma garota que quer fazer. Tina, e se for verdade???? E se a Lana souber de alguma coisa que a gente não sabe????

Tem uma maneira bem simples de descobrir. Você falou com Michael sobre esse assunto?

AINDA NÃO!!! EU JÁ DISSE!!!!

Bom, então, quando você se encontrar com ele amanhã, vocês vão conversar sobre isso, e você vai perceber...

DÁ PARA ACREDITAR QUE ELA ESTÁ PARADA ALI FORA DISTRIBUINDO ESSAS COISAS IDIOTAS???? Deve ter gastado uma FORTUNA com elas. E olha só como são vagabundos, dá para tirar com toda a facilidade a parte do VOTE NA LANA. Deve ser tinta com chumbo, também. Eu devia ligar para uma organização de proteção do ambiente. Mas, Mia, não se sinta deslocada. Eu já liguei para sua avó e está tudo sob controle. Nós vamos achar alguma coisa para você distribuir também.

LILLY!!! EU NÃO QUERO DISTRIBUIR NADA!!! EU NEM QUERO SER PRESIDENTE!!!

Não se preocupe, você não vai ser.

VOCÊ FICA DIZENDO ISSO, LILLY, MAS A CADA VEZ QUE EU ME VIRO, VOCÊ ESTÁ FAZENDO MAIS ALGUMA COISA PARA ME AJUDAR A GANHAR, TIPO LIGAR PARA MINHA AVÓ E FAZER COM QUE ELA DISTRIBUA COISAS GRÁTIS PARA QUE O PESSOAL VOTE EM MIM!!!!

Aaah, será que você consegue fazer a avó da Mia distribuir tiaras? Porque eu adoraria usar uma!

Não podemos distribuir tiaras, Tina. Não está no orçamento. Mas estou examinando coisas de apertar no formato de tiaras, iguais às da Lana.

SERÁ QUE VOCÊ PODE POR FAVOR ME ESCUTAR, LILLY???? NÃO AGUENTO MAIS ISSO!!!! A LOUCURA PRECISA TERMINAR!!!!!!!!

Acalme-se, PET. Vai dar tudo certo. Meu irmão não vai ter dar o pé na bunda por não Fazer Aquilo com ele. Pelo menos, não se ele quiser que aquele cachorro idiota dele continue vivo.

!

Tanto faz. Lana está drogada. Não se preocupe com isso. Você sabe que Michael não é assim.

Mas agora ele está na FACULDADE, Lilly. Ele está MUDANDO. Cada vez que falo com ele, ele já aprendeu uma coisa nova e pavorosa. E aquele negócio de... sabe como é. A ACUMULAÇÃO.

Acorda. É uma faculdade de renome. Ninguém fica fazendo sexo lá. Pode acreditar. Você VIU aquelas meninas no dia em que ajudamos a fazer a mudança? Hmm, acorda, se chama xampu. Que tal usar um pouco?

É verdade, Mia. Você é MUITO mais bonitinha do que aquelas meninas-gênios das faculdades de renome. Lembra do grupo de estudo da Elle em *Legalmente Loura?*

Será que podemos prestar atenção no que é importante aqui? Coisas de apertar no formato de tiara. Sim ou não?

Ah, meu Deus. Ela está devolvendo a minha redação... e ela está...

... coberta de marquinhas vermelhas. Ah, Mia. Sinto muito. Mia? MIA?

Sexta-feira, 11 de setembro, enfermaria

Estou aqui deitada com uma toalhinha úmida na testa. Apesar de ser bem difícil escrever no diário E ficar com uma toalha úmida na testa, estou me virando.

A enfermeira me disse para tentar ficar quietinha e não pensar muito. Ha! Com quem é que a enfermeira acha que está falando? Sou EU, Mia Thermopolis! É impossível eu ficar sem pensar muito. A única coisa que eu faço, o tempo todo, é pensar.

Por sorte, ela não está vendo que eu estou desobedecendo às ordens dela porque está no escritório, preenchendo formulários. Espero que sejam formulários para a minha internação. Não vou poder participar do debate com Lana na segunda-feira se eu estiver em uma instituição psiquiátrica.

Mas a Enfermeira Lloyd disse que eu não sou louca. Disse que todo mundo passa por um momento em que não aguenta mais, e quando eu saí no corredor depois de tirar mais um B em inglês, e vi minha avó ali parada com a tiara e a capinha de pele dela, distribuindo canetas que diziam PROPRIETÉ DU PALAIS ROYAL DE GENOVIA para todo mundo que passava, eu tive o meu.

A Enfermeira Lloyd disse que não foi minha culpa eu ter tido um chilique, agarrado a caixa de canetas das mãos de Grandmère e jogado na câmera de segurança pendurada na frente da sala da Diretora Gupta.

A câmera nem quebrou. Quer dizer, tem CANETA para tudo quanto é lado.

Mas está tudo bem com a câmera.

Não sei por que precisaram ligar para minha mãe e meu pai.

A Enfermeira Lloyd disse para eu ficar descansando quietinha até eles chegarem. Ela não deixou Grandmère entrar porque pedi. Não que seja culpa de Grandmère, mesmo. Quer dizer, ela só estava tentando ajudar. Lilly deve ter ligado para ela, para falar sobre os negocinhos de apertar em forma de pompom da Lana. Então Grandmère se viu na obrigação de ir correndo para a escola com alguma coisa que ela achou que *eu* pudesse distribuir.

Porque quem é que NÃO vai querer uma caneta onde se lê PROPRIETÉ DU PALAIS ROYAL DE GENOVIA?

Fala sério, nada disso é culpa de ninguém. A não ser minha. Eu nunca deveria ter entregado aquela redação para a Srta. Martinez. O que eu estava PENSANDO? Como é que eu pude achar por UM MINUTO que ela apreciaria uma redação comparando o amor proibido de Romeu e Julieta com o da Britney Spears e do Jason Allen Alexander? Quer dizer, é verdade que eu coloquei meu coração e minha alma naquilo. Eu queria que o leitor fosse capaz de sentir a dor da Britney pela maneira como ela e Jason foram destroçados pela imprensa e pelos empresários a gravadora dela, tanto que a única opção que ela teve foi se consolar com Kevin. É tão óbvio para mim que esses namorados de infância estão destinados um ao outro...

Eu já deveria saber que a Srta. Martinez não compartilharia da minha preocupação pela Britney. Está bem claro que ela nunca parou para OUVIR "Toxic".

Ah, não.

ALGUÉM ESTÁ VINDO!!! PRECISO COLOCAR A TOA-LHINHA DE VOLTA NA TESTA!!!!

Sexta-feira, 11 de setembro, enfermaria, mais tarde

Era só o meu pai. Perguntei como ele tinha conseguido chegar tão rápido, e ele disse que estava a caminho da embaixada francesa para argumentar e convencê-los a não expulsar a Genovia da União Europeia.

Isso só fez com que eu me sentisse pior. Porque me lembrei de como decepcionei todo o meu povo com aquela história das lesmas.

Meu pai disse que não era para eu me preocupar com isso, que se algum país devia ser expulso da União Europeia, que devia ser Mônaco por ter deixado Jacques Cousteau jogar algas sul-americanas no Mediterrâneo para começo de conversa, e também a França, por ter passado uma década inteira depois disso de braços cruzados. Mas, como ele ressaltou, é isso que a França sabe fazer de melhor.

Pedi desculpas ao meu pai por ter interrompido o dia tão atribulado de política dele, mas ele deu uns tapinhas carinhosos na minha mão e disse que todo mundo tem o direito de ter um chilique de vez em quando. Perguntei se aquele tinha sido o diagnóstico clínico que a Enfermeira Lloyd tinha feito sobre o que tinha acontecido comigo e ele respondeu: "Não exatamente", mas que ele já tinha presenciado muitos chiliques na vida. Mas nunca da parte de alguém que não tinha tomado uma dose de *prosecco* genoviano maior do que o recomendado.

E a maior vergonha ficar choramingando como um bebê crescido na frente da escola inteira, isso sem contar quando a gente faz a mesma coisa um pouco mais tarde, na frente do pai. Principalmente, sabe como é, quando não tem mais nenhum lencinho de papel por perto porque eu já tinha acabado com todos os disponíveis. Então, precisei assoar o nariz no lencinho de seda da lapela do meu pai. Não que ele parecesse se importar muito com isso. Provavelmente só vai jogar fora e comprar um novo, como Britney Spears faz com a *lingerie* dela. É legal ser príncipe. Ou *pop star*.

De todo modo, o meu pai estava bem preocupado e ficou perguntando qual era o problema. *Qual é o problema, pai?* Ah, você quer dizer além de *tudo*?

Claro que a única coisa que eu podia CONTAR para ele era o negócio da Srta. Martinez. Porque eu sabia que, se contasse a ele a respeito de como aquela história de eleição estava acabando comigo, ele não compreenderia e simplesmente diria algo bem paternal do tipo: "Ah, Mia, não se deixe abater. Você sabe que vai se dar muito bem."

E Deus bem sabe que não tinha como eu contar para ele a respeito do negócio do Michael. Quer dizer, eu amo meu pai. Não quero fazer com que a cabeça dele exploda.

No começo, meu pai não acreditou nem um pouco em mim. Sabe como é, que era possível eu ter tirado B em uma redação de inglês. Tive de pegar o texto e MOSTRAR a ele.

E daí ele apertou bem os olhos — mas acho que foi principalmente porque tinha deixado os óculos de leitura na limusine — e limpou a garganta várias vezes.

Daí ele disse alguma coisa a respeito de como *aquilo* era o que ele recebia em troca de vinte mil dólares por ano e que tipo de mundo era este em que os sonhos de uma menininha podiam ser assim destruídos e que se essa tal de Srta. Martinez acha que vai se livrar desta, pode pensar de novo.

Então, sabe como é. Durante um tempo foi divertido, vê-lo andar de um lado para o outro, todo bravo.

Finalmente, a enfermeira escutou e entrou para fazer com que ele saísse dali.

Mas, enquanto a Enfermeira Lloyd estava mandando meu pai embora, minha mãe conseguiu se esgueirar lá para dentro, com a maior cara de atarantada, com Rocky amarrado nela. Então eu me sentei e fiquei cheirando a cabeça dele um pouco, porque a cabeça do Rocky cheira quase tão bem quanto o pescoço do Michael, mas de um jeito totalmente diferente, é claro.

Mas devo dizer que o cheiro da cabeça do Rocky não consegue acalmar minha alma despedaçada como o pescoço do Michael.

Enquanto eu cheirava a cabeça do Rocky, minha mãe disse: "Mia, este é um péssimo momento para você ter um ataque. Nosso voo para Indiana sai daqui a duas horas."

Eu garanti à minha mãe que eu não estava tendo ataque nenhum, que tinha sido só um chilique. Não falei o que tinha causado aquilo. Sabe como é, a parte em que a Lana tinha me dito umas coisas sobre garotos de faculdade. E, depois, a Srta. Martinez acabando com os meus sonhos de ser escritora. Em vez disso, eu disse que ainda devia estar sentindo o fuso em relação ao horário da Genovia e só.

"Isto não é falta de adaptação ao fuso horário", disse minha mãe, com desdém. "Isto aqui tem o nome Clarisse Renaldo assinado bem embaixo."

Bom, eu não quis dizer nada em voz alta. Pelo menos, não para minha mãe, que já tem razões suficientes para não gostar de Grandmère.

Mas É verdade que a gota d'água foi ver Grandmère distribuindo canetas no corredor.

"Ela tem boa intenção", ressaltei para minha mãe.

"É mesmo?", perguntou minha mãe, desconfiada.

Mas eu garanti para minha mãe que, desta vez, Grandmère só tinha o bem da coroa no coração. Afinal, se minha campanha eleitoral estudantil afastasse a imprensa da notícia de a Genovia ser expulsa da União Europeia, valia muito a pena.

Mais ou menos.

Mas minha mãe não pareceu acreditar nem um pouco nisso.

"Mia, se você quiser desistir desse negócio de eleição, é só dizer. Eu farei isso acontecer."

Minha mãe sabe ser bem assertiva quando quer — mesmo com um bebê tão adorável quanto Rocky amarrado ao peito dela. Fala sério, se eu tivesse de escolher entre fazer um debate com minha mãe ou com Lana a respeito de qualquer coisa, eu escolheria Lana com toda a certeza.

"Não, mãe, tudo bem", respondi. "Está tudo bem *comigo*. Mesmo. Então... você vai tentar falar com Wendell quando estiver lá em Versailles?"

Minha mãe estava toda ocupada mexendo no pé do Rocky, que tinha se embaraçado todo nas bandeirinhas de orações tibetanas que estavam penduradas no canguru. "Quem?"

"Wendell Jenkins." Caramba! Não dá para acreditar que ela nem se lembra do homem para quem deu a flor de sua virgindade. "Ele ainda mora lá. Ele e April. Ele trabalha na companhia elétrica. E você sabia que April foi princesa do milho?"

Minha mãe pareceu surpresa. "É mesmo? Como é que você sabe de tudo isso, Mia?"

"Pela busca de pessoas do Yahoo!", disse eu. "Se você cruzar com April, não se esqueça de dizer para ela, sabe como é, que você é mãe da princesa da Genovia. É muito melhor do que ser princesa do milho, apesar de ESTARMOS prestes a ser expulsos da União Europeia."

"Pode deixar", disse minha mãe. "Tem certeza de que você vai ficar bem? Porque, se você quiser, eu não vou para Versailles."

Garanti para a minha mãe que eu ficar bem. A essa altura a Enfermeira Lloyd entrou de novo e, ao ver minha mãe ali, basicamente garantiu a mesma coisa a ela. Então, depois de deixar a Enfermeira Lloyd brincar um pouquinho com Rocky — porque ele é o bebê mais fofo que já existiu, e todo mundo que o vê não CONSEGUE ficar sem fazer um carinho nele —, minha mãe foi embora, e eu fiquei sozinha com a Enfermeira Lloyd de novo.

O que, sabe como é, me fez lembrar de uma coisa que eu queria saber. E uma integrante dos serviços de saúde era a pessoa perfeita para quem perguntar, já que eu não podia consultar o Yahoo! Health, porque não havia nenhum computador ao meu alcance.

"Enfermeira Lloyd", disse eu sem deixar o termômetro que ela tinha enfiado embaixo da minha língua cair. Ela resolveu tirar minha temperatura para se assegurar de que estava tudo bem comigo e que eu podia voltar para a aula.

"Pois não, Mia?" Ela estava olhando para o relógio e tomando o meu pulso.

"É verdade que, se os garotos de faculdade não Fizerem Aquilo, fica tudo acumulado?"

A Enfermeira Lloyd soltou uma gargalhada. "Essa história ainda circula? Mia, você devia ser mais esperta. Você fez Saúde e Segurança, não foi?"

"Então... não é verdade?"

"Com toda a certeza, não." A Enfermeira Lloyd largou o meu pulso e tirou o termômetro da minha boca. "E não deixe que ninguém lhe diga algo diferente. E, uma dica: qualquer camisinha que fique em uma carteira durante um longo período deve ser jogada no lixo e substituída por uma nova. A fricção do movimento de carregar a carteira no bolso pode fazer com que apareçam furinhos minúsculos no látex."

Eu só fiquei olhando lá para ela, de queixo caído. COMO É QUE ELA SABIA DAQUILO?

A Enfermeira Lloyd simplesmente olhou para o termômetro e disse: "Já faço este serviço há muito tempo. Ah, olhe só, 37 graus. Você está curada. Pode ir agora, se quiser. Mas, antes disso, Mia, só mais uma coisa."

Olhei para ela, cheia de expectativa.

"Você precisa parar de guardar as coisas dentro de si", disse ela; "Eu sei que você gosta de escrever bastante no seu diário — é, eu vi — e isso é ótimo. Mas você precisa VERBALIZAR os seus sentimentos também. Principalmente se você estiver brava ou aborrecida com alguém. Quanto mais coisas você guardar dentro de si, mais vezes algo como o episódio de hoje vai acontecer. Eu sei que falam para as princesas sempre manterem a pose e tudo o mais, mas a verdade é que você, mais do que qualquer outra pessoa, não pode ficar deixando as coisas se acumularem. Entendeu?"

Eu assenti com a cabeça. Acho que a Enfermeira Lloyd é a pessoa mais inteligente que eu já conheci. E isso inclui todos os gênios que por acaso são meus melhores amigos ou meu namorado.

"Certo. Deixe-me escrever um bilhete para explicar o seu atraso", disse a Enfermeira Lloyd.

Que é o que ela está fazendo agora.

Sabe o quê?

A ENFERMEIRA LLOYD É SHOW!!!!!

Anotação pessoal: Falar para Tina obrigar Boris a comprar uma camisinha nova antes de os dois Fazerem Aquilo na noite do baile de formatura.

Sexta-feira, 11 de setembro, escadaria do terceiro andar

Quando saí da enfermaria, Lilly estava sentada no corredor, à minha espera. Estava com três advertências na mão, porque vários inspetores tinham passado enquanto ela estava lá.

Mas ela diz que não liga, porque PRECISAVA ter certeza de que estava tudo bem comigo. Ela diz que PRECISAVA me ver.

Eu me lembrei do que a Enfermeira Lloyd disse a respeito de não guardar as coisas dentro de mim e disse à Lilly que também PRECISAVA falar com ela.

Então, fugimos para cá, onde ninguém vai nos encontrar, a menos que alguém precise ir até o telhado. Mas as pessoas por aqui só precisam ir ao telhado quando alguma criança do prédio vizinho joga um Pikachu ou algo assim pela janela, e o brinquedo cai no telhado da escola, e o zelador ou o porteiro do prédio precisa vir até aqui para recolher o objeto.

Bom, mas, primeiro, eu preciso reconhecer que eu estava agindo com uma certa distância em relação à Lilly porque, acorda, ela é pelo menos parcialmente responsável pelo meu chilique. Quer dizer, canetas do palácio????

"Mas todo mundo adora", foi a grande desculpa dela. "Fala sério, Mia, as pessoas estão, tipo, guardando como *souvenir*. Nem todo mundo vai morar em um palácio todo verão como você, Mia."

"Isso não faz a menor diferença." Não dá para acreditar nisso: apesar de Lilly ser um gênio e tudo o mais, eu tenho sempre de explicar essas coisas para ela. "O lance é que você prometeu que eu não precisaria continuar com esta história."

Lilly só ficou lá piscando para mim. "Quando foi que eu disse isso?"

"LILLY!" Não dava para acreditar. "Você jurou que eu não ia ter de ser presidente do conselho estudantil!"

"Eu sei", respondeu Lilly. "E não vai."

"Mas você também prometeu que Lana não ia acabar comigo com uma derrota humilhante na frente de todo mundo!"

"Eu sei", respondeu Lilly. "Ela não vai."

"LILLY!" Parecia que a parte de cima da minha cabeça ia sair voando pelos ares. "Mas se Lana não ganhar de mim, eu VOU ser presidente."

"Não, não vai", respondeu Lilly. "*Eu* vou."

Agora foi a minha vez de ficar piscando. "O QUÊ? Isso não faz o menor sentido."

"Ah, faz sim", respondeu Lilly, com muita calma. "Veja bem, o que vai acontecer é o seguinte: você vai ganhar a eleição — porque você é princesa, e você é legal com todo mundo, e as pessoas gostam de você. Daí, depois de um certo período — digamos, dois ou três dias — você vai ter de — cheia de remorso, é claro — abandonar a presidência por estar muito ocupada com o negócio de ser princesa. É aí que eu, que serei indicada para sua vice-presidente, vou ter de assumir o manto da responsabilidade presidencial." Lilly deu de ombros. "Está vendo? É simples."

Fiquei olhando para Lilly, totalmente bestificada.

"Espera aí. Você está fazendo tudo isso para que VOCÊ possa ser presidente?"

Lilly assentiu.

"Mas, Lilly... então por que você mesma não se candidatou?"

Foi aí que uma coisa totalmente inesperada aconteceu. Os olhos da Lilly, por trás das lentes dos óculos, encheram-se completamente de lágrimas. No minuto seguinte, era ela quem estava tendo um chilique.

"Porque eu não ia conseguir ganhar nunca", disse ela, com um soluço. "Você não se lembra de como eu fui esmagada na eleição do ano passado? Ninguém gosta de mim. Não do jeito que gostam de você, Mia. Quer dizer, você pode ser babona de bebê e tudo o mais, mas as pessoas conseguem se identificar com você, até com toda essa história de princesa. NINGUÉM consegue se identificar comigo... talvez porque eu seja um gênio, e isso intimide as pessoas, ou algo assim. Não sei por quê, mesmo. Quer dizer, a gente fica achando que as pessoas iam querer ter o líder mais inteligente que pudessem encontrar, mas, em vez disso, parece que elas ficam absolutamente contentes de eleger IDIOTAS completos."

Tentei não levar para o lado pessoal o fato de Lilly estar me chamando de idiota. Afinal, ela estava no meio de uma crise pessoal de grandes proporções.

"Lilly", disse eu, surpresa. "Eu não sabia que você se enxergava assim. Sabe como é. Como alguém que não é popular."

Lilly ergueu os olhos dos bilhetes de advertência sobre os quais estava chorando.

"P-porque eu i-ia me considerar popular?", gaguejou ela, toda magoada. "V-você é a única amiga de verdade que eu tenho."

"Isso não é verdade", disse eu. "Você tem um monte de amigos. Shameeka e Ling Su e Tina..."

Lilly começou a chorar ainda mais quando ouviu o nome da Tina. Tarde demais, eu me lembrei do Boris, e de sua recém-adquirida gostosura.

"Ah", disse eu, dando tapinhas carinhosos no ombro da Lilly. "Desculpa. O que eu quis dizer é que... Bom, tanto faz. As pessoas gostam SIM de você, Lilly. É só que às vezes..."

Lilly ergueu o rosto manchado de lágrimas.

"O-o quê?", perguntou ela.

"Bom", respondi. "Às vezes você é meio maldosa com os outros. Como por exemplo comigo. Com aquela história de eu ser babona de bebê."

"Mas você é MESMO babona de bebê", observou Lilly.

"É", disse eu. "Mas, sabe como é, você não precisa ficar DIZENDO isso o tempo todo."

Lilly apoiou o queixo nos joelhos.

"Acho que não", disse ela, com um suspiro. "Você tem razão. Desculpa."

Já que ela estava mesmo com espírito conciliatório, aproveitei para dizer também: "E eu não gosto quando você me chama de PDG, nem de PET."

Lilly olhou para mim como quem não está entendendo nada.

"Então, do que você quer eu a chame?"

"Que tal só de Mia?"

Lilly parecia refletir um pouco sobre aquilo.

"Mas... isso é muito chato", disse ela.

"Mas é o meu nome", observei.

Lilly suspirou de novo.

"Tudo bem", disse ela. "Tanto faz. Você não faz ideia de como as coisas são fáceis para você, PDG. Quer dizer, Mia."

"Fáceis? Para *MIM*? Faça-me o favor!" Eu praticamente explodi em uma gargalhada. "Minha vida está um HORROR neste momento. Você VIU a nota que a Srta. Martinez deu para a minha redação?"

Lilly enxugou os olhos.

"Bom, vi sim", respondeu ela. "Ela FOI meio severa. Mas um B não é tão ruim assim, Mia. Além do mais, eu vi o seu pai indo para a sala dela agora há pouco. Parecia que ele ia dar uma dura nela."

"É, mas você acha que isso vai me ajudar em alguma coisa?", quis saber. "Quer dizer, ela não vai mudar de ideia a respeito do meu talento para a escrita... ou a falta dele. Assim, ela só vai ficar, sabe como é, com medo do meu pai."

Lilly só sacudiu a cabeça.

"É", disse ela. "Mas pelo menos você tem um namorado."

"Que está na FACULDADE", lembrei a ela. "E que, aparentemente, espera que..."

"Ah, por favor", disse Lilly. "Não me venha com aquela bobagem da Lana de novo. Quando é que você vai enfiar na cabeça que Lana não sabe do que está falando? Quer dizer, você já viu ELA saindo com algum garoto de faculdade?"

"Não", respondi. "Mas..."

"É, bom, deve haver uma RAZÃO para isso. E se o que está escrito no banheiro inteiro for verdade, NÃO é porque Lana tem alguma restrição quanto a Fazer Aquilo."

Nós duas ficamos lá sentadas pensando um pouco sobre isso. Daí Lilly disse: "Então, sua mãe e o Sr. G ainda vão passar o fim de semana em Indiana?"

"Vão", respondi, mas logo ajuntei: "Mas não vai ter festa nenhuma na minha casa, porque eu vou ficar no Plaza."

"Em um quarto só para você?", perguntou Lilly. Quando eu assenti, ela disse: "Beleza." Depois, completou: "Ei, você devia dar uma festa do pijama."

Olhei para ela como se estivesse louca.

"No *hotel*?"

"Claro", respondeu Lilly. "Vai ser divertido. E a gente precisa trabalhar a sua habilidade no debate, de qualquer jeito. A gente pode fazer uma simulação. O que você acha?"

"Bom", respondi. "Pode ser."

Mas não sei muito bem o que meu pai e Grandmère vão achar disso. De eu fazer uma festa do pijama no Plaza.

Mas, bom. Se isso vai deixar Lilly feliz, acho que vale a pena. Eu sinceramente nunca soube que ela se sentia assim a respeito de si mesma. Sabe como é, que ela não é popular. Quer dizer, *eu* sei que Lilly não é muito popular. Mas nunca achei que ELA soubesse. Ela sempre AGE como se fosse a rainha da escola.

Quem diria que era só aparência?

Agora, nós duas temos de ficar aqui sem fazer nada até o sinal do sexto tempo tocar e a gente poder voltar lá para baixo e se misturar com o resto da multidão. Estamos perdendo Superdotados & Talentosos, mas eu tenho meu passe da enfermeira para mostrar para a Sra. Hill na segunda, então ela não vai me dar falta hoje.

Não sei o que Lilly vai fazer a respeito. Mas parece que ela não está ligando muito. Realmente, pensando bem, Grandmère e Lilly poderiam AS DUAS ensinar ao mundo uma ou duas coisas a respeito de agir como uma princesa.

O que, pensando bem, é meio assustador.

Sexta-feira, 11 de setembro, Governo dos EUA

TEORIAS DE GOVERNO:

TEORIA EVOLUCIONÁRIA
Teoria da evolução de Darwin — aplicada ao governo =

1. Família
2. Clã
3. Tribo

Grupos formados para coordenar e gerenciar a iniciativa de bens e serviços.

Para manter a ordem interna e proteger o grupo de perigos externos, foram formadas as instituições governamentais.

Uau, isso aqui é igualzinho às panelinhas! Sério! Quer dizer, o jeito como as panelinhas se formam dentro de uma escola — para proteger o grupo de perigos externos. Tipo, por exemplo, como nós, os *nerds*, nos unimos e formamos uma panelinha para nos proteger de piadas dos esportistas e das animadoras de torcida, porque existe segurança nos grandes números. Isso explica muita coisa:

- A panelinha do pessoal do *skate* se formou para se proteger dos *punks*
- Os *punks* se formaram para se proteger do Clube de Teatro
- O Clube de Teatro se formou para se proteger dos *nerds*
- Os *nerds* se formaram para se proteger dos esportistas
- E os esportistas se formaram para se proteger dos...

Bom, não sei para se proteger de quem os esportistas se juntaram.

Mas, tirando isso, agora tudo faz sentido. É por isso que as panelinhas existem! Darwin estava certo!!!

Sexta-feira, 11 de setembro, Ciências da Terra

Campo magnético que rodeia a Terra devido às correntes de convecção internas
Descoberto por Van Allen (cinturões de radiação)
Zona de alta radiação devido a partículas, algumas radiativas e carregadas, do espaço e do sol
Aurora boreal causada pela interação de partículas carregadas com a atmosfera

HEATHER, A NAMORADA NOVA DO KENNY, DE ACORDO COM KENNY:

1. Tem cabelo louro natural e nunca precisa retocar as raízes
2. Só tira A e está em todas as aulas de alunos avançados
3. Consegue fazer acrobacias de ginástica olímpica
4. Geralmente faz isto em festas
5. E em restaurantes
6. É completamente popular na escola dela em Delaware
7. Vem visitá-lo no Dia de Ação de Graças
8. Tem um cavalo só dela
9. Nunca perde tempo assistindo à TV, porque está ocupada demais lendo livros
10. Não tem secretária eletrônica

O que não faz a mínima diferença, porque provavelmente ninguém nunca quer ligar para ela, porque ela não assiste à TV, e, portanto, não tem nada sobre o que conversar.

DEVER DE CASA

Educação Física: não disponível
Geometria: exercícios, páginas 42-45
Inglês: *Strunk and White*, páginas 55-75
Francês:????
Superdotados & Talentosos:????
Governo dos EUA: Como a teoria de Darwin pode ser aplicada ao desenv. do gov.?
Ciências da Terra: seção 2, Natureza do Ambiente Energético

Sexta-feira, 11 de setembro, no Plaza

Grandmère se sentiu tão mal por ter feito com que eu tivesse um chilique em plena escola que insistiu para me levar para tomar um chá no térreo do hotel, no Palm, para compensar.

Claro, eu sabia que ela não estava se sentindo mal DE VERDADE. Quer dizer, afinal de contas, ela é GRANDMÈRE. E HAVIA jornalistas por todos os lados, tentando conseguir fotos de nós duas comendo nossos bolinhos com nata, de modo que amanhã, na capa do *Post*, vai ter uma foto de nós duas sentadas aqui e uma manchete grande dizendo: *Chá para 2 — Aguenta essa, UE!* ou qualquer outra coisa do gênero.

Mas *foi* legal ficar ali sentada comendo sanduíches minúsculos de pão sem casca enquanto Grandmère tagarelava alguma coisa a respeito dos negocinhos de apertar em forma de pompom da Lana e como eles são baratos e como nossas canetas PROPRIETÉ DU PALAIS ROYAL DE GENOVIA são muito superiores. Principalmente, sabe como é, levando em conta que eu não tinha almoçado por ter passado todo o tempo na enfermaria com uma toalhinha úmida na testa.

Grandmère estava sendo tão legal por causa de toda a coisa de se sentir culpada (anotação pessoal: será que alguém com transtorno da personalidade limítrofe pode se sentir culpada? Checar esta informação.) que eu finalmente tive coragem e falei: "Grandmère, posso convidar Lilly e Tina e Shameeka e Ling Su para dormir hoje no meu quarto, fazer uma festa do pijama e uma simulação de debate?"; e ela respondeu, na maior calma: "Claro que pode, Amelia."

ÊÊÊÊÊÊÊÊÊÊÊÊÊÊÊÊÊÊÊÊÊÊÊÊÊÊÊÊÊ!!!!!!!!!!!!!!

Então, peguei o meu celular e liguei para todas elas para fazer o convite. O Sr. Taylor teve de falar com Grandmère antes de deixar Shameeka vir, para ter certeza de que haveria supervisão adequada e tudo, mas Grandmère se comportou perfeitamente. Quando entregou o telefone de volta para mim, o Sr. Taylor estava perguntando se a gente queria que Shameeka levasse alguma coisa, tipo uma pipoqueira, ou qualquer coisa assim.

Mas eu assegurei a ele que o Plaza atenderia a todas as nossas necessidades.

Mandamos a camareira de Grandmère até o *loft* para pegar minhas coisas e dar comida para Fat Louie.

Espero que ele fique bem sozinho. Vai ser esquisito para ele não ter Rocky por perto. Ele se acostumou demais a lamber o leite que sobra na cara do Rocky toda noite, como um tipo de lanchinho da meia-noite.

Anotação pessoal:

    Ligar para mamãe no celular assim que o avião dela aterrissar e lembrá-la de manter Rocky longe de:

- Máquinas ceifadoras de feno
- Serpentes *Agkistrodon contortrix* (nativas de Indiana e altamente venenosas)
- Garfos de feno
- Aranhas viúvas-negras (a picada delas é mortal para bebês)
- Leite não pasteurizado (por causa da *Salmonella*)
- A poltrona reclinável do Papaw (Rocky pode ficar preso lá dentro e sufocar)
- Animais de fazenda (*E. coli*)
- O assado de atum / batata / batatinha frita / macarrão da Mamaw (é simplesmente nojento)
- O celeiro (um fugitivo de alguma instituição psiquiátrica local pode estar escondido lá dentro)

Sexta-feira, 11 de setembro,
no Plaza, quarto 1.620,
Hora???? Mais TARDE!!!!!!!

Ai, meu Deus, Ling Su achou o *quiz on-line* mais legal do mundo e trouxe com ela para a gente responder e descobrir coisas sobre nós mesmas!!!!

QUESTIONÁRIO

NÃO TRAPACEIE!!! NÃO leia adiante... apenas responda às perguntas em ordem!

Primeiro, pegue um pedaço de papel e uma caneta. Quando fizer a escolha dos nomes, assegure-se de escolher pessoas que você conhece de fato. Aceite seu primeiro instinto. FAÇA ISTO AGORA!

1. Primeiro, escreva os números de 1 a 11 em uma coluna.
2. Ao lado dos números 1 e 2, escreva quaisquer números que desejar.
3. Ao lado do 3 e do 7, escreva o nome de pessoas do sexo oposto.
4. Escreva o nome de qualquer pessoa (amigos ou familiares) nos locais 4, 5 e 6.
5. Escreva quatro nomes de música em 8, 9, 10 e 11.

FAÇA ISSO AGORA, SEM LER AS RESPOSTAS!!!!!!!!

Respostas de Mia Thermopolis:
1. Dez
2. Três
3. Michael Moscovitz
4. Fat Louie
5. Lilly Moscovitz
6. Rocky Thermopolis-Gianini
7. Kenny Showalter
8. "Crazy in love" — Beyoncé
9. "Bootylicious" — Destiny's Child
10. "Belle" — *A Bela e a Fera*
11. Música-tema de *Friends*

Respostas:
1. Você deve falar sobre este jogo a (os números nos espaços 1 e 2) pessoas.
2. A pessoa no espaço 3 é aquela que você ama.
3. A pessoa em 7 é alguém de quem você gosta, mas com quem não consegue se resolver.
4. Você se preocupa mais com a pessoa que colocou em 4.
5. A pessoa que você colocou o nome em 5 conhece você muito bem.
6. A pessoa que você colocou em 6 é a sua estrela da sorte.
7. A música em 8 combina com a pessoa do número 3.
8. O título em 9 é a música para a pessoa em 7.
9. A música em 10 é a que mais revela o que VOCÊ pensa.
10. A resposta em 11 é a música que diz como você encara a vida.

Ai, meu Deus!!! MAS QUE LOUCURA!!!! É TUDO COMPLETA-
MENTE VERDADEIRO!!!!!!

Tipo, Michael é totalmente a pessoa que eu amo! E Rocky é totalmente a minha estrela da sorte! E Lilly é a pessoa que me conhece melhor! E Fat Louie é a pessoa (ou gato) com quem eu mais me preocupo!

E acho que eu NUNCA vou conseguir entender Kenny. "Bootylicious" é uma música apropriada para ele porque, de uma coisa eu *sei mesmo*: acho que ele não está pronto para encarar tudo isto.

E estou COM TODA A CERTEZA "Crazy in love" (ou seja, louca de amor) pelo Michael! E a música-tema de *Friends* é TOTALMENTE a minha vida — *So no one told you life was gonna be this way* (então ninguém disse para você que a vida seria assim)... Porque ninguém nunca me CONTOU que eu seria PRINCESA DA GENOVIA.

E, no que diz respeito à música "Belle", Lilly pode rir o quanto quiser, mas esta É uma das minhas músicas preferidas, de todos os tempos. E, sim, a Srta. Martinez provavelmente acharia isso repreensível... sabe como é, uma pessoa que se considera escritora e que gosta de uma música de um musical da Disney. Mas que se dane! Bela e eu temos MUITA coisa em comum: sempre estamos com a cabeça enfiada em um livro (bom, no meu caso é um diário, mas não importa) e todo mundo acha que a gente é esquisita.

Menos o homem que nos ama.

Tanto faz. Isto aqui é tão divertido! A gente pediu, tipo TUDO do serviço de quarto. E agora há pouquinho, Lilly praticamente fez a gente fazer xixi nas calças de tanto rir depois que Shameeka falou a ela sobre Perin, do francês, que a gente não sabe se é homem ou mulher, e Lilly disse que a gente deve ir para a aula na segunda e fazer uma roda em volta dele ou dela e cantar assim: "Abaixe... as... suas... calças! Abaixe... as... suas... calças!", para a gente poder olhar e descobrir.

Você consegue imaginar a cara que a Mademoiselle Klein faria se a gente fizesse isso? Só que, é claro, acho que seria considerado assédio sexual. E não seria nada legal com o coitado do Perin, ou a coitada.

Então, daí, nós todas ficamos pulando para cima e para baixo na cama e cantando: "Abaixe... as... suas... calças! Abaixe... as... suas... calças!" bem alto, até que eu achei que fosse mesmo FAZER XIXI nas calças de tanto rir.

Em seguida, vamos fazer um concurso de *karaoke*. Porque eu disse para todo mundo que, se estivéssemos atravessando o país e precisássemos cantar para conseguir dinheiro para a gasolina e tudo o mais, igual à Britney Spears em *Crossroads — Amigas para sempre*, a gente ia ter de se virar bem. Então, já vamos ensaiar agora mesmo.

Ah, e Michael ligou há um minuto, mas eu não consegui ouvir o que ele estava dizendo, porque Tina estava gritando depois de ter encontrado um bilhete de amor que Boris deixou na mochila dela, e Ling Su estava lendo em voz alta. Até Lilly estava rindo.

Esta é a MELHOR NOITE DE TODAS. Tirando, é claro, a noite da Festa Inominável de Inverno.

E a noite em que Michael e eu assistimos a *Guerra nas estrelas* juntos e ele me disse que estava APAIXONADO por mim, não só que me amava.

E a do baile de formatura.

Tirando essas.

Anotação pessoal: lembrar de dizer à mamãe para manter Rocky longe do tabaco de mascar do Papaw! A nicotina é tóxica para os bebês se for ingerida! Eu vi em *Law and Order*!

A LISTA DOS CARAS COMPLETAMENTE GOSTOSOS POR LILLY, SHAMEEKA, TINA, LING SU E MIA

1. *Orlando Bloom, em qualquer coisa, com ou sem camisa.*
2. *Boris Pelkowski* (Isso aqui é muito ERRADO! Boris NÃO deveria estar nesta lista. Mas a Lilly e eu perdemos na votação.)
3. *O cara bonitinho do filme mais recente sobre a vida da Mia* (Só que nada do que aconteceu naquele filme poderia acontecer na vida real, já que a Genovia é um principado, não uma monarquia, e não faz diferença se a herdeira é casada ou não. Além do mais, é bem improvável que a Skinner Box consiga um contrato com uma gravadora já que a maior parte de seus integrantes está ocupada com as notas da faculdade, ou fichas de trinta dias de sobriedade, para ensaiar.)
4. *Seth de OC — Um estranho no paraíso.*
5. *Harry Potter. Porque apesar de ele fazer o papel de um menino-bruxo, ele está ficando meio que gostoso.*
6. *Jesse Bradford de* Fixação.
7. *Chad Michael Murray de* A nova Cinderela *e de* One Tree Hill. *U-la-lá.*
8. *O namorado gostoso da Samantha em* Sex and the city, *especialmente quando ele raspou a cabeça para ela* (Shameeka teve de se abster desse voto porque o pai dela não a deixa assistir a esse programa.)

9. *Trent Ford* de Meu novo amor.
10. *Ramon Riveras*.
11. *Hellboy* (Mesmo que Mia seja a única que acha o Hellboy gostoso por causa de sua obsessão por heróis bidimensionais.)

Sábado, 12 de setembro, no grande gramado do Central Park

Estou tão cansada... POR QUE fui convidar todo mundo para dormir aqui ontem à noite? E POR QUE ficamos acordadas cantando *karaoke* até as três da manhã???

Mais, especificamente, POR QUE eu deixei Lilly me convencer a vir ao jogo de FUTEBOL da Albert Einstein High School hoje?

É tão chato... Quer dizer, eu sempre achei esportes chatos — Deus bem sabe que a Sra. Potts já gritou muito: "Vamos mostrar um pouco de ação, Mia!" para mim ao ver bolas e mais bolas passando do meu lado sem eu pegar.

Mas *assistir* a esportes é ainda mais chato do que *jogar*. Pelo menos, quando a gente está jogando, tem alguns daqueles momentos em que a palma das mãos sua e o coração bate e a gente pensa *Ai, não! A bola está vindo na MINHA direção? Ai, não! A bola está MESMO vindo na minha direção. O que eu faço? Se tentar pegar, vou errar, e todo mundo vai me odiar. Mas se eu NÃO tentar pegar, todo mundo vai me odiar DO MESMO JEITO.*

Mas quando a gente ASSISTE a esportes, não tem nada disso. Tem só... chatice. Uma chatice que parece infinita.

Quando Lilly me pediu para deixar o dia de sábado livre para ela, eu não sabia que era por causa de um evento relacionado à escola. Por que é que eu ia querer fazer coisas de escola (além do dever de casa, quer dizer) em um FIM DE SEMANA?

Mas Lilly diz que é importante aparecer no maior número de eventos da escola possível antes da eleição na segunda-feira. Ela fica me cutucando e falando assim: "Para de escrever no seu diário e vai se misturar com o pessoal."

Mas eu não tenho muita certeza se me misturar com o pessoal do jogo de futebol da escola é a melhor maneira de conseguir votos. Sabe como é? Porque já está bem garantido que todo mundo aqui vai votar na Lana.

E por que NÃO votariam? Olhe só para ela ali, fazendo cestas de basquete ou sei lá o quê. Ela é totalmente PERFEITA. Por fora, de todo jeito. Por dentro, eu sei que o coração dela é preto como piche. Mas por fora — bom, ela tem aquele sorriso perfeito com aqueles dentes perfeitos sem aberturas, e aquelas pernas perfeitamente lisas e bronzeadas sem pelos crescendo, e aquele brilho labial cintilante em que o cabelo dela nunca gruda — por que é que alguém VOTARIA em mim se podem votar na Lana?

Lilly diz para eu não ser idiota — que a eleição para presidente do conselho estudantil não é um concurso de beleza nem de popularidade. Mas então, como é que ela quer que EU concorra no lugar dela? E como é que eu estou AQUI? As únicas pessoas que estão NESTE jogo são os outros atletas e as outras animadoras de torcida. E nenhuma dessas pessoas tem a menor chance de votar em MIM.

Lilly diz que não vão votar em mim com toda a certeza se eu não tirar o nariz deste livro para ir lá falar com eles. FALAR COM ELES! AS PESSOAS POPULARES PERFEITAS!

Elas vão ter muita sorte se eu não VOMITAR em cima delas.

Sábado, 12 de setembro, 15h, Ray's Pizza

Bom, AQUILO foi uma enorme perda de tempo.

Lilly diz que não foi. Lilly diz que, na verdade, o dia foi extremamente EDUCACIONAL. Seja lá o que isso queira dizer.

Não tenho muita certeza de como Lilly pode SABER disso, já que passou o jogo inteiro sentada atrás do Dr. e da Sra. Weinberger — que estavam na arquibancada — ouvindo a conversa deles com os pais da Trisha Hayes. Ela nem ASSISTIU ao jogo, até onde eu sei. Fui *eu* quem precisei ficar circulando por lá, falando com pessoas que não teriam olhado duas vezes para mim se cruzassem comigo no corredor da AEHS, e falando assim: "Oi, acho que a gente não se conhece. Eu sou Mia Thermopolis, princesa da Genovia, e estou concorrendo ao cargo de presidente do conselho estudantil."

Fala sério. Eu nunca me senti tão panaca.

Além do mais, ninguém prestou a menor atenção em mim. Parece que o jogo estava mesmo muitíssimo emocionante. Estávamos jogando contra o time masculino principal da Trinity, que basicamente acabou com a gente todos os anos, tipo, em toda a história do futebol na AEHS, ou algo assim.

Mas não hoje. Porque hoje a AEHS apresentou sua arma secreta: Ramon Riveras. Basicamente, quando Ramon pegava a bola, nunca mais largava, a não ser quando ele chutava no gol da Trinity e aquela coisa da rede balançava. A AEHS ganhou da Trinity por quatro a zero.

E acontece que eu estava certa a respeito do Ramon. Ele tirou mesmo a camisa e jogou para cima depois de fazer o gol da vitória.

Eu não quero dar início a uma fofoca nem nada, mas eu vi a Sra. Weinberger se ajeitando na cadeira quando isso aconteceu.

E é claro que Lana entrou correndo no campo e caiu nos braços do Ramon. Na última vez que eu a vi naquele dia, ele a carregava nos ombros como se ela fosse um troféu, ou algo assim. Até onde eu sei, talvez seja mesmo: vença um jogo para a AEHS e receba uma animadora de torcida, de graça.

Tanto faz. Ramon pode ficar com ela. Talvez ele a mantenha ocupada o bastante para que ME deixe em paz. Eu e o meu "garoto de faculdade".

O que me fez lembrar de que devo ir ao alojamento do Michael depois disto aqui, para conhecer o companheiro de quarto dele e "colocar o assunto em dia", já que não nos vimos a semana inteira.

Pelo menos, foi o que Michael *disse* que nós íamos fazer, quando conseguimos conversar, hoje de manhã. Ele pareceu meio chateado quando eu finalmente me lembrei de ligar o celular e ele conseguiu falar comigo.

"O que estava acontecendo ontem à noite quando eu liguei?", ele quis saber.

"Hmm", respondi. Eu estava meio que comprando um *pretzel* de um daqueles carrinhos no parque quando ele ligou. Muita gente não sabe disso, mas os *pretzels* de Nova York — do tipo que se compra de vendedores de rua — têm propriedades curativas. É verdade. Não sei o que eles têm, mas se você comprar um quando estiver com dor de cabeça, ou qualquer coisa assim, logo que dá uma mordida, a dor desaparece. E eu estava com uma dor de cabeça bem forte, por não ter dormido nem um pouco.

"Eu convidei as meninas para dormir no hotel", expliquei para Michael, depois de engolir a primeira mordida do meu *pretzel* quente e salgadinho. "Só que, sabe como é, a gente não dormiu muito." E eu contei a ele como ficamos pulando na cama cantando "Abaixe... as... suas... calças" e tudo o mais.

Mas parece que Michael não achou muito engraçado. Claro que eu não mencionei a parte em que eu cantei "Milkshake" usando o controle remoto da TV como microfone para todo mundo, usando o tapetinho de borracha do banheiro como minivestido. Quer dizer, não quero que ele fique achando que eu sou totalmente LOUCA.

"Você tem uma suíte de hotel inteirinha para você", foi tudo que Michael disse, "e convida a minha irmã para fazer uma visita."

"E Shameeka e Tina e Ling Su", disse eu, limpando a mostarda do meu queixo. Porque é preciso colocar mostarda no *pretzel*, se não as propriedades curativas não funcionam.

"Certo", disse Michael. "Bom, e você vai passar aqui mais tarde ou não?"

O que algumas pessoas poderiam considerar meio, sabe como é, sem educação. Só que o fato de Michael estar chateado comigo — por alguma razão qualquer — serviu meio que como alívio. Porque, se ele estava chateado comigo, provavelmente significava que Fazer Aquilo era algo que não fazia parte das ideias principais que ele tinha em mente. E eu realmente não estava muito a fim de ter a conversa sobre Fazer Aquilo, apesar de eu saber que Tina estava certa, e que nós vamos ter de colocar isso às claras logo.

Então, agora eu estou só comendo um pedaço restaurador de *pizza* de muçarela com Lilly antes de reunir forças para entrar na limusine com Lars e me dirigir para a parte alta da cidade, para o alojamento do Michael. Fala sério, depois de uma noite de festa, é muito difícil fazer o dia seguinte funcionar. Não sei como aquelas irmãs Hilton conseguem.

Lilly agora está dizendo que a gente está com a eleição ganha. Não faço a menor ideia do que ela está dizendo porque

A) nós acabamos não fazendo aquele negócio de debate simulado ontem à noite, então eu não tive a mínima oportunidade de lapidar as minhas respostas para segunda-feira e
B) a maior parte das pessoas com quem eu conversei nas arquibancadas do jogo hoje só ficou olhando para mim como se eu fosse maluca e disse assim: "Eu vou votar na Lana, dããã."

Mas, sei lá. Lilly passou o jogo inteiro sentada perto dos PAIS de alguém, então, o que é que ela sabe?

Eu gostaria de poder falar com ela a respeito desse negócio de Fazer Aquilo. Quer dizer, Lilly também nunca Fez Aquilo... pelo menos, acho que não. Foi só o último namorado dela que pegou nos peitos dela.

Mesmo assim, tenho certeza de que ela tem algumas ideias valiosas a respeito do assunto.

Mas eu não posso falar com Lilly a respeito de Fazer ou não Fazer Aquilo com o IRMÃO dela. Quer dizer, que NOJO. Se alguma menina quisesse falar comigo a respeito de Fazer Aquilo com Rocky, eu provavelmente ia dar um soco na cara dela. Mas é claro que ele é meu irmão *menor*, sabe como é, e só tem quatro meses.

Além do mais, acho que eu meio que sei o que Lilly diria: vai fundo.

O que é muito fácil para Lilly dizer, porque ela se sente muito à vontade com o corpo dela. Ela não faz como eu, que tiro o uniforme e coloco o *short* de ginástica com a maior rapidez possível antes e depois da educação física, e no canto mais escuro e mais vazio que consigo encontrar. Ela até já passeou, uma vez ou outra, pelo vestiário COMPLETAMENTE pelada, falando assim: "Alguém tem desodorante para me emprestar?" E as observações que Lana e as amigas dela fizeram a respeito da barriga e da celulite da Lilly pareceram não incomodá-la nem um pouco.

Não que eu esteja preocupada que Michael faça comentários sobre o meu corpo nu. Só não tenho certeza se me sinto à vontade com a ideia de que ele vai conhecer meu corpo inteirinho.

Mas é claro que eu não ia achar ruim ver o dele.

Provavelmente, isso signifique que eu sou acanhada e pudica e sexista e tudo de ruim. Provavelmente, eu não mereço ser presidente do conselho estudantil da Albert Einstein, nem que seja por alguns dias antes que eu renuncie e deixe Lilly assumir o poder. Com certeza eu não mereço ser princesa de um país que consegui fazer com que fosse expulso da União Europeia... bom, se chegar a tanto.

Realmente, eu não mereço lá muita coisa.

Bom, acho que agora vou para o alojamento do Michael.

Alguém por favor, me mate.

Sábado, 12 de setembro, banheiro do quarto do alojamento do Michael

Certo, eu achei que a Columbia fosse uma faculdade difícil de se entrar. Achei que eles de fato selecionavam os candidatos.

Então, como é que deixam pessoas loucas como o colega de quarto do Michael estudarem aqui?

Tudo ia bem até que ELE apareceu. Lars e eu chamamos Michael pelo interfone do saguão do Eagle Hall, que é o alojamento do Michael, e ele desceu para deixar a gente entrar, porque aqui o pessoal da Universidade de Columbia leva a segurança dos alunos muito a sério (pena que não se preocupam tanto assim com a segurança dos convidados dos alunos!). Eu precisei deixar a minha carteirinha de estudante no balcão da segurança, para não tentar sair do prédio sem assinar a lista de saída. Lars teve de deixar a carteira de porte de arma dele (mas deixaram ele ficar com a arma quando descobriram que eu era a princesa da Genovia e ele era meu guarda-costas).

Bom, mas quando todos nós assinamos a lista de entrada, Michael nos levou para o quarto dele. Eu já tinha estado no Eagle Hall antes, é claro, no dia em que ele se mudou, mas agora que todos os carrinhos de mudança e os pais não estão mais aqui, tudo está bem diferente. Tem gente correndo de um lado para o outro nos corredores só de toalha, gritando, igualzinho aparece em *Gilmore girls* — *Tal mãe, tal filha*! E música muito alta saía de algumas das portas abertas. Havia pôsteres em todo lugar convocando os residentes a participar de uma ou de outra marcha de protesto, e convites para sessões de leitura de poesia em diversos cafés próximos. Tudo tinha muita cara de faculdade!

Parecia que Michael tinha superado seu aborrecimento comigo, porque ele me deu um beijo bem legal de oi, durante o qual eu pude cheirar o pescoço dele, e imediatamente me senti melhor sobre tudo. O pescoço do Michael é quase tão eficiente quanto um *pretzel* vendido na rua em Nova York, no que diz respeito às propriedades curativas.

De todo jeito, conseguimos deixar Lars na sala de lazer do andar do Michael, já que estava passando um jogo de beisebol na TV grandona de lá. Seria de se pensar que Lars já tivesse recebido sua dose de esporte diária, tendo em vista que tínhamos passado, tipo, três horas em um evento esportivo, mas tanto faz. Ele deu uma olhada no placar, que estava empatado, e logo ficou colado ao aparelho, com mais um monte de gente fixada naquilo.

Michael foi na frente e me levou para o quarto dele, que está com uma aparência bem melhor do que na última vez que eu o vi. Tem um mapa da galáxia cobrindo a maior parte da parede, mais equipamento de informática do que deve ter no Comando de Defesa Aeroespacial dos EUA, que cobre absolutamente todas as superfícies planas (sem contar as camas), e uma placa enorme no teto que diz: NEM PENSE EM ESTACIONAR AQUI, que Michael jura não ter roubado na rua.

O lado do Michael do quarto é bem arrumadinho, com um edredom azul-escuro por cima da cama e uma geladeirinha como mesinha de cabeceira, e CDs e livros POR TODOS OS LADOS.

O outro lado do quarto é um pouco mais bagunçado, com um edredom vermelho, um micro-ondas no lugar da geladeirinha e DVDs e livros POR TODOS OS LADOS.

Antes mesmo que eu tivesse oportunidade de perguntar onde Doo Pak estava e quando eu seria apresentada para ele, Michael me puxou para a cama dele. Estávamos matando a saudade de um jeito bem legal, depois da nossa semana separados, quando a porta se abriu e um garoto coreano alto de óculos entrou.

"Ah, oi, Doo Pak", disse Michael, superdesencanado. "Esta aqui é a minha namorada, Mia. Mia, este aqui é Doo Pak."

Eu estendi a mão direita e dei o meu melhor sorriso de princesa para Doo Pak.

"Oi, Doo Pak", disse eu. "Muito prazer."

Mas Doo Pak não apertou minha mão. Em vez disso, ele olhou do Michael para mim e vice-versa bem rápido. Daí, deu uma risada e disse: "Ha ha, que engraçado! Quanto é que estão pagando a você para fazer esta brincadeira comigo, hein?"

Eu olhei para Michael, toda confusa, e ele disse: "Hmm, Doo Pak, eu não estou brincando. Esta é mesmo a minha namorada."

Doo Pak simplesmente riu mais um pouco e disse: "Vocês, americanos, sempre fazendo brincadeiras! Falando sério, pode parar agora."

Então eu fiz uma tentativa.

"Hmm", disse eu. "Doo Pak, eu sou mesmo a namorada do Michael. O meu nome é Mia Thermopolis. Estou feliz em finalmente conhecer você. Já ouvi falar muito a seu respeito."

Foi aí que Doo Pak começou a rir tão alto que dobrou o corpo em dois e acabou caindo na cama.

"Não", disse ele, enquanto lágrimas de tanto rir escorriam pelo rosto dele. "Não, não. Isto não é possível. *Você*" — ele apontou para mim — "não pode estar saindo com *ele*." E apontou para Michael.

Parecia que Michael estava começando a ficar irritado.

"Doo Pak", disse ele, com o mesmo tipo de voz de repreensão que eu já ouvi ele usar com Lilly quando ela começa a tirar sarro dele por ele gostar tanto de *Star trek: Enterprise*.

"É sério", disse eu para Doo Pak, tentando ajudar, apesar de não fazer a menor ideia da razão de ele estar rindo tanto. "Michael e eu estamos juntos há mais de nove meses. Eu estudo na Albert Einstein High School, que fica logo ali, e moro com minha mãe e meu padrasto no Vil..."

"Para de falar agora mesmo, por favor", disse Doo Pak para mim — com muita educação, preciso reconhecer. Mas, mesmo assim. É meio esquisito quando alguém manda a gente parar de falar. Principalmente porque, depois disso, Doo Pak deu as costas para mim e começou a falar com Michael em uma voz bem baixinha e cheia de ansiedade, e Michael respondeu no mesmo tom, mas parecendo mais aborrecido do que ansioso.

É extremamente esquisito estar em um quarto, vendo duas pessoas tendo uma conversa ansiosa e aborrecida que nem dá para escutar. Então eu vim para cá, para eles ficarem mais à vontade.

Dá para o ouvir Doo Pak cochichando todo ansioso com Michael que, por sorte, parou de cochichar as respostas dele, assim pelo menos eu posso ouvir a parte DELE da conversa.

"Doo Pak, eu já DISSE quem ela é", disse, simplesmente. "Ela é minha NAMORADA. Ninguém está fazendo brincadeira nenhuma com você."

Sabe, o banheiro deles até que é bem limpinho, para meninos. Não tem nada aqui que dê medo de encostar. Vejo que trocaram a cortina de borracha institucional por uma que tem o mapa-múndi estampado. Isso deve ser para reconfortar Doo Pak, que com toda a certeza tem saudade de seu país. Assim ele pode tomar um banho e ficar olhando para o lugar de onde veio o tempo todo.

Aaaaah, agora Doo Pak também parou de cochichar. Os dois devem achar que eu sou completamente SURDA.

"Mas eu não estou entendendo, Mike", Doo Pak está dizendo. MIKE????? "Por que ELA sai com VOCÊ?"

Agora está ficando tudo claro. Doo Pak deve ter me reconhecido. Eu *ando* aparecendo bastante na imprensa ultimamente, por causa da coisa toda das lesmas, e da eleição, e tudo o mais. Talvez ele não acredite que Michael namore mesmo uma princesa.

Não posso dizer que o culpo. Não existe nada mais tonto no mundo do que namorar uma princesa. Não é para menos que Michael não o tenha avisado antes. Deve ser mesmo insuportavelmente embaraçoso admitir para os amigos de faculdade dele que não só a namorada dele ainda está na escola, como também é uma PRINCESA.

Coitado do Michael. Eu nunca soube que as pessoas de fato TIRAVAM SARRO dele pelo fato de sair com uma integrante da realeza. Isso além de a namorada dele ter guarda-costas, ter deficiência mamária e ser uma babona de bebê. A devoção do Michael por mim realmente é extraordinária.

Aaaah, pararam de falar. Talvez seja seguro sair agora...

Sábado, 12 de setembro, 19h, Café (212)

Preciso escrever bem rápido, enquanto Michael está pagando a comida. Por sorte, tem uma fila absurdamente enorme no caixa — o lugar está LOTADO —, então, acho que ele vai demorar um pouco.

Bom, descobri a razão por que Doo Pak ficou achando que Michael estivesse fazendo uma brincadeira com ele quando disse que eu era namorada dele. E não tem nada a ver com o fato de eu ser princesa. Tem a ver com o fato de Doo Pak achar que eu sou BONITA demais para Michael.

E nem estou fazendo uma piada. Doo Pak me disse isso pessoalmente quando eu saí do banheiro. Parecia completamente envergonhado. E ele disse, sem que Michael precisasse bater nele antes nem nada: "Peço desculpas por não ter acreditado quando você disse que era namorada do Mike. Sabe", prosseguiu ele, com o mesmo tom de desculpa, "você é bonita demais para sair com Mike. Ele é... como é que vocês falam? Ah, já sei... um *nerd*. Igual a mim. E *nerds* como nós não têm namoradas bonitas. Então, achei que ele estivesse brincando comigo. Por favor, aceite o meu humilde pedido de desculpas pelo meu erro."

Eu olhei do Michael para Doo Pak para ver se eles estavam, hmm, fazendo uma piada comigo, mas dava para ver pelo rosto vermelho e envergonhado do Doo Pak, e pelo rosto ainda *mais vermelho* e *mais envergonhado* do Michael que Doo Pak estava falando a verdade: ele acha que eu sou bonita demais para sair com Michael!!!!! É SÉRIO!!!!!!

Os padrões de beleza na Coreia do Sul devem ser mesmo muito diferentes dos daqui dos Estados Unidos.

Além do mais, no lugar de onde Doo Pak vem, parece que os meninos que brincam com computadores o dia inteiro simplesmente não têm namorada. Mesmo.

Talvez seja por isso que eles estão sempre desenhando mulheres. Sabe como é, nos animes e nos mangás.

Mas, como eu expliquei para Doo Pak, ser *nerd* nos Estados Unidos na verdade até que está na moda, e as meninas mais sensíveis querem SIM sair com *nerds*, em vez de um atleta ou de um cara superpopular.

Parecia que Doo Pak não ousava acreditar em mim, mas eu ressaltei o fato de que Bill Gates, que na verdade é o Rei dos *Nerds*, é casado. E parece que isso serviu para convencê-lo. Ele apertou minha mão e perguntou, todo animado, se eu tinha alguma amiga que podia apresentar algum dia para ele e para o resto dos meninos do andar.

Eu disse para ele que ia tentar, com toda a certeza.

Daí Doo Pak pediu licença para ir à loja de informática e comprar a mais nova versão de Myst, e Michael disse todo irritado que gostaria que os alunos do primeiro ano da faculdade tivessem permissão para ter quartos exclusivos, em vez de serem forçados a dividir com um colega.

O que me fez lembrar de uma coisa que eu reparei no banheiro deles quando já estava saindo. Alguma coisa fez a ficha cair AGORA. ALGO QUE VAI FICAR MARCADO PARA SEMPRE NO TECIDO MACIO DO MEU CÉREBRO:

TEM UMA CAIXA DE CAMISINHA NO ARMARINHO DO BANHEIRO DO MICHAEL E DO DOO PAK!!!!!!!!!!!!!

Falando sério. EU VI. Ai, meu Deus, EU VI MESMO. JURO.

O QUE ISSO SIGNIFICA???? Quer dizer, está bem claro que DOO PAK não está Fazendo Aquilo com ninguém. Quer dizer, ele praticamente ADMITIU que nunca teve namorada.

Então de quem SÃO aquelas camisinhas?????

Opa, o "Mike" voltou...

Domingo, 13 de setembro,
1 da madrugada, na limusine,
voltando para o Plaza

AI, MEU DEUS. AI, MEU DEUS. AI, MEU DEUS. AI, MEU DEUS. Eu só preciso respirar. Como me obrigaram a fazer naquela vez em que fui à aula de ioga. Inspira. Expira. Inspira. Expira.

Certo. Eu consigo. Eu vou conseguir escrever. Só preciso colocar no papel, como faço com todas as outras coisinhas que acontecem comigo, e daí tudo vai ficar bem. TEM de ficar bem. Simplesmente TEM DE.

Aconteceu.

Nós tivemos A Conversa.

E MICHAEL ESPERA QUE A GENTE FAÇA SEXO...

...ALGUM DIA.

Pronto, escrevi.

Então, por que eu não me sinto nem um pouco melhor??????

Ai, meu Deus, o que é que eu vou FAZER???? Como é que Lana pode ter razão? Lana nunca teve razão a respeito de NADA!!! Eu me lembro de ela ter dito que, se a gente espirrasse e tapasse o nariz ao mesmo tempo, os tímpanos explodiriam. E a melhor de todas: "Se você tomar banho enquanto estiver menstruada, pode sangrar até morrer", o boato mais idiota que ela espalhou. Até no ano passado, ela fez um monte de gente acreditar que Aspirina + Coca Light = buraco no estômago.

O negócio é que nada disso se comprovou verdadeiro.

Por que é que DESTA vez ela tinha de estar certa?

Os garotos de faculdade esperam MESMO que a namorada Faça Aquilo. Pelo menos, algum dia. Quer dizer, Michael foi muito gentil e compreensivo e ficou quase tão envergonhado quanto eu no que diz respeito ao assunto. Mas também não é, tipo, como se ele fosse me dar o pé na bunda se a gente não Fizer Aquilo amanhã.

Mas ele está DEFINITIVAMENTE interessado em Fazer Aquilo. Algum dia.

AAAAAAAAAAAARRRRRRGGGGGGGGGGHHHHHHHH!!!!!!!!!!

Mas é claro que eu já deveria saber. Porque homens de verdade — até mesmo os bidimensionais, como Wolverine, do *X-Men*, e a Fera, de *A Bela e a Fera*, e até Hellboy — TODOS querem Fazer Aquilo. Eles até podem, sabe como é, ser educados nesse sentido. Quer dizer, Wolverine mandava ver com Jean Grey enquanto Ciclope ficava se babando todo em cima dela.

E a Fera pode rodopiar a Bela como quem não quer nada o quanto quiser naquele salão de baile, mas na verdade ele só está pensando no que vai acontecer depois.

Mas não tem como ignorar o fato de que, em última instância, no fundo, TODOS OS CARAS QUEREM FAZER AQUILO.

Eu nem sei por que achei que Michael pudesse ser diferente. Quer dizer, eu assisti a *Academia de gênios* e *A vingança dos nerds*. Eu já devia saber muito bem que até os garotos inteligentes gostam de sexo. Ou pelo menos *gostariam*, se conseguissem achar alguém a fim de fazer com eles.

E, também, nenhum de nós pertence a alguma religião em que, tipo, é proibido Fazer Aquilo antes de casar, ou algo assim. Bom, quer dizer, Michael é judeu, mas não é TÃO judeu assim. Ele come "cheese tudo" o tempo todo.

Mesmo assim. Estou falando de SEXO. Trata-se de um GRANDE passo.

E foi o que eu disse ao Michael quando estávamos nos agarrando no quarto dele depois do jantar, hoje à noite. Não tipo, sabe como é, que ele tenha Enfiado a Mão em algum lugar onde não devia. Ele nunca fez nada disso — apesar de agora eu saber que ele QUERIA ter feito. É só que, sabe como é, sempre tem alguém por perto. Tirando hoje à noite, porque Lars estava totalmente colado à TV na sala de lazer com o resto dos fanáticos por esportes. E Doo Pak tinha ido à biblioteca para ver se achava alguma menina à procura de um *nerd* para passar a noite.

Mas a gente chegou do jantar e Michael colocou uma música antiga do Roxy Music para tocar e me puxou para a cama dele, e a gente ficou lá se beijando e tal, e eu só conseguia pensar no seguinte: ELE TEM CAMISINHAS NO ARMARINHO DO BANHEIRO e GAROTOS DE FACULDADE ESPERAM QUE A NAMORADA FAÇA AQUILO e WENDELL JENKINS e PRINCESA DO MILHO e não consegui me concentrar nos beijos, e no final acabei me afastando dele e falei assim: "NÃO ESTOU PRONTA PARA TRANSAR."

O quê, é preciso dizer, pareceu surpreendê-lo muito.

Não a parte de não estar pronta para isso, mas a parte de tocar no assunto.

Mesmo assim, acho que ele se recuperou bem rápido do susto, porque, depois de piscar algumas vezes, ele disse "Tudo bem" e voltou a me beijar.

Mas isso não serviu muito para me tranquilizar, porque não dava para saber se ele tinha ouvido ou não. E, além do mais, Tina tinha dito que Michael e eu realmente precisávamos ter A Conversa sobre esse assunto, e eu achei que, se ela conseguia falar com *Boris* sobre isso, eu também deveria ser capaz de falar com Michael.

Então, eu me afastei dele de novo e disse: "Michael, a gente precisa conversar"; e ele olhou para mim todo confuso e falou assim: "Sobre o quê?"

E eu respondi — APESAR DE ESTA TER SIDO A COISA MAIS DIFÍCIL QUE EU JÁ FIZ NA VIDA, MAIS DIFÍCIL DO QUE QUANDO EU TIVE DE DISCURSAR NA FRENTE DO PARLAMENTO DA GENOVIA PARA FALAR DA QUESTÃO DOS PARQUÍMETROS —: "As camisinhas no seu armarinho do banheiro."

E ele disse: "As o quê?", e os olhos dele pareceram bem perdidos e desfocados. Daí, parece que ele lembrou e falou assim: "Ah, sei. É. Todo mundo recebeu. Quando nos mudamos para cá. Estava no pacote de boas-vindas que nos foi entregue na chegada."

E daí os olhos dele pareceram ficar BEM focados — tipo fachos de *laser* — e ele os apontou para mim e disse assim: "Mas, se eu tivesse comprado, qual seria o problema? Será que é errado eu me preocupar com você e querer proteger você para o caso de fazermos amor?"

O que, é claro, fez com que eu me derretesse toda por dentro, e foi MUITO difícil me lembrar de que deveríamos estar tendo A

Conversa e não nos agarrando, principalmente quando me dei conta de que:

Por melhor que seja o cheiro do pescoço do Michael, o resto do corpo deve ter um CHEIRO AINDA MELHOR.

O que é uma razão ainda maior para eu me apressar e ter A Conversa logo.

"Não", disse eu, afastando a mão dele da minha. Porque eu sabia que seria bem mais difícil me concentrar em ter A Conversa se ele estivesse me tocando. "Acho que isso é bom. Mas é que..."

E daí eu despejei tudo em cima dele. O que Lana tinha dito na fila rápida. Wendell Jenkins. O que Lana tinha dito no chuveiro (mas não a parte do acúmulo, aquilo era nojento demais). A Princesa do milho. O fato de que eu o amo mas não sei se já estou pronta para Fazer Aquilo (eu *disse* que não tinha certeza, mas é claro que TENHO certeza. É que, sabe como é, eu não queria parecer direta demais). O fato de que as camisinhas estouram (se aconteceu em *Friends*, pode muito bem acontecer na vida real). A fertilidade excessiva da minha mãe. TUDO.

Porque, sabe como é, quando a gente está tendo A Conversa, é preciso colocar TUDO para fora, se não, de que adianta?

Bom, *quase* tudo, de todo modo. Eu meio que deixei de fora a parte de eu me preocupar tanto com a questão da nudez. Bom, da MINHA nudez. Com a dele, não tem problema nenhum. Além do mais, sabe como é, o sexo na TV parece meio... bom, difícil. E se eu fizer tudo errado? Ou se por acaso eu não for boa nisso? Ele pode me dar o pé na bunda.

Só que, sabe como é. Eu não mencionei nada disso.

Michael ficou escutando todo o meu discurso com uma cara muito séria. A certa altura, ele até se levantou para abaixar o som. Foi só quando eu cheguei na parte de não ter certeza se eu queria ou não Fazer Aquilo que ele finalmente disse alguma coisa, e ele falou assim, em um tom bem seco: "Bom, para falar a verdade, essa não é uma surpresa para mim, Mia."

O que, de todo modo, foi uma surpresa para MIM.

Mas quando eu falei: "É mesmo?", ele disse: "Bom, você deixou a situação bem clara quando convidou todas as suas amigas, e não eu, para dormir no hotel no mesmo minuto em que descobriu que ia ter um quarto só para você o fim de semana inteiro."

ACORDA. Não é verdade. Em primeiro lugar, Lilly e aquelas meninas SE convidaram. E, em segundo...

Bom, tudo bem, ele estava certo sobre essa parte.

"Michael", disse eu, sentindo-me totalmente péssima. "Desculpa de verdade. Eu nem... quer dizer, eu não tive..."

Eu me senti tão mal que nem consegui VERBALIZAR. Eu me senti a maior idiota. Tipo como eu me senti durante o jantar, quando Michael ficou falando sobre a aula de Sociologia na Ficção Científica dele, e que em *1984*, de Orwell, a Loteria era usada para controlar as massas, dando-lhes a falsa esperança de que algum dia teriam a possibilidade de largar o emprego sem futuro que tinham, e que em *Fahrenheit 451*, a mulher de Montag não gosta nem um pouco do serviço dele de queimar livros para viver e que a única coisa que ela faz é falar ao telefone com as amigas a respeito de um programa de TV chamado *Palhaço branco*. Não pude evitar de lembrar que, na metade do tempo, Lilly, Tina e eu só falamos de *Charmed*.

Mas, acorda, como é que alguém pode NÃO conversar sobre esse seriado?

Mas talvez isso só faça parte da estratégia do governo para impedir que a gente repare que estão derrubando as florestas nacionais e que estão aprovando leis que impedem os adolescentes de procurar cuidados médicos relacionados ao controle de natalidade sem o consentimento dos pais...

Além disso, às vezes parece que Michael nunca vai parar de falar dos programas de que ele gosta, como *24 Horas* e, ultimamente, *60 Minutos*.

De todo modo, fiz o que pude para compensar o fato de não o ter convidado para me visitar no hotel. Coloquei a minha mão na dele, olhei bem no fundo dos olhos dele e disse: "Michael, sinto muito mesmo. E não só por isso. Mas por toda... bom, por toda essa coisa."

Mas, em vez de dizer que ele me perdoava ou algo assim, Michael só disse assim: "Tudo bem. A questão é quando você VAI estar pronta?"

E eu fiquei tipo: "Pronta para quê?"

E ele respondeu: "Aquilo."

Eu demorei um minuto para entender do que ele estava falando. E daí, quando a ficha finalmente caiu, eu fiquei toda vermelha.

"Hmm", disse eu.

Daí, pensei bem rápido.

"Que tal depois do baile de formatura", respondi, "em uma cama *king-size* com lençóis de cetim branco em uma suíte de luxo com vista para o Central Park no Four Seasons, com champanhe e morangos cobertos de chocolate na entrada, e um banho de aromaterapia para depois, e café da manhã na cama com *waffles* no dia seguinte?"

Ao que Michael respondeu, com muita calma: "Em primeiro lugar, eu nunca mais vou a nenhum baile de formatura, e você sabe muito bem disso; e, em segundo, não tenho dinheiro para pagar o Four Seasons, e você também sabe disso. Então, por que você não tenta responder de novo?"

Droga! Tina tem tanta SORTE de ter um namorado em quem pode mandar... POR QUE Michael não é tão maleável quanto BORIS?

"Olha", disse eu, tentando desesperadamente pensar em alguma maneira de sair daquela situação toda. Porque não estava acontecendo NEM UM POUCO da maneira como eu tinha imaginado. Na minha cabeça, eu dizia ao Michael que não estava pronta para Fazer Aquilo e ele dizia que tudo bem e a gente jogava um pouco de palavras cruzadas e pronto.

Pena que as coisas nunca acontecem como eu imagino.

"Será que eu preciso resolver isso AGORA?", perguntei, ao decidir que um ADIAMENTO era a melhor estratégia àquela altura. "Tenho muita coisa na cabeça. Quer dizer, é possível que, neste exato momento, minha mãe esteja expondo Rocky a algum estímulo altamente nocivo, tipo dança de tamancão, ou até bolinhos de chuva cheios de açúcar. E tem o negócio do debate na segunda-feira... Eu comentei que Grandmère e Lilly estão trabalhando nisso juntas? Quer dizer, é como se Darth Vader estivesse unindo forças com Ann Coulter, aquela colunista que trata de assuntos legais no jornal, se ela fosse de esquerda. Estou dizendo: eu estou acabada. Será que a gente pode conversar sobre esse assunto depois?"

"Com certeza", respondeu Michael, com um sorriso tão doce que me deu vontade de chegar mais perto e dar um beijo nele...

Mas daí ele ajuntou: "Mas você precisa saber, Mia, que eu não vou ficar esperando para sempre."

Isso fez com que eu congelasse bem quando os meus lábios estavam chegando pertinho dos dele.

Porque ele não quis dizer que não ia ficar esperando para sempre pela minha resposta.

Ah, não. Ele quis dizer que não ia ficar esperando para sempre para Fazer Aquilo.

Ele não falou como se fosse uma ameaça, nem nada. Ele disse meio desencanado, até um pouco brincalhão.

Mas dava para ver que não era piada alguma. Porque os garotos realmente esperam que você Faça Aquilo. Algum dia.

Eu não soube o que responder. Na verdade, acho que eu nem teria conseguido falar, mesmo que tentasse. Por sorte, eu não precisei, porque ouvimos uma batida na porta e a voz do Lars chamou: "O jogo acabou. Já passa da meia-noite. Hora de ir embora, princesa", o que, é claro, fez com que eu e Michael pulássemos para lados opostos do quarto.

(Acabei de perguntar para Lars como ele tem mesmo a estranha capacidade de sempre escolher o momento errado — ou certo, como pode ser o caso — de me interromper quando eu estou sozinha com Michael, e ele respondeu assim: "Enquanto escuto vozes, eu não me preocupo. Quando as coisas ficam muito quietas é que eu começo a querer saber o que está acontecendo. Porque — sem ofensa, vossa alteza — você fala *muito*.")

Bom, tanto faz. É isso aí.
Lana tinha razão.
Todos os garotos querem Fazer Aquilo.
Inclusive Michael.
Minha vida acabou.

Fim.

Anotação pessoal: ligar para mamãe e lembrá-la de que ainda está amamentando e que apesar de ela ter VONTADE de beber muito gim com tônica, tendo em vista que está perto da mãe dela, isso pode ser muito perigoso para o desenvolvimento cognitivo do Rocky a esta altura

Domingo, 13 de setembro, meio-dia, no meu quarto, no Plaza

Por que a minha vida não pode ser igual à daquele pessoal que apresenta o horário de programas para adolescentes na TV? Nenhuma daquelas pessoas é princesa. Nenhuma delas criou um ecodesastre no país delas ao jogar milhares de lesmas no mar. Nenhuma delas tem um namorado que espera que elas Façam Aquilo algum dia. Bom, para falar a verdade, algumas delas têm sim.

Mas, mesmo assim. Na TV, tudo é muito diferente.

*Domingo, 13 de setembro,
13h, no meu quarto, no Plaza*

Por que todo mundo não me deixa em paz? Se eu quero ficar deprimida o dia inteiro, eu é que devo decidir. Afinal de contas, eu SOU uma princesa

Domingo, 13 de setembro,
14h, no meu quarto, no Plaza

Eu queria tanto falar com Michael agora... Ele ligou antes, mas eu não atendi. Deixou um recado com a telefonista do hotel que dizia assim: "Oi, sou eu. Você ainda está aí ou já voltou para casa? Vou tentar lá também De todo modo, se receber esse recado, ligue para mim."

É. Vou ligar para ele. Para ele terminar comigo por causa da minha relutância em Fazer Aquilo com ele. Não vou lhe dar tal satisfação.

Tentei ligar para Lilly, mas ela não está em casa. A Dra. Moscovitz disse que não faz ideia de onde a filha possa estar, mas que se eu descobrir, que por favor diga a ela que Pavlov está precisando sair para dar uma volta.

Espero que Lilly não esteja tentando filmar em segredo através das janelas do Convento do Sagrado Coração de novo. Eu sei que ela está convencida de que aquelas freiras têm um laboratório ilegal de meta-anfetamina lá, mas da última vez foi meio que constrangedor, quando ela mandou as imagens de vídeo para a Sexta Delegacia de Polícia e elas só mostravam as freiras jogando bingo.

Aaaaah, maratona de *Sailor Moon*...

A Sailor Moon tem mesmo muita sorte de ser personagem de desenho animado. Se eu fosse personagem de desenho animado, com certeza não teria nenhum dos problemas que estou tendo agora.

E mesmo que tivesse, eles estariam todos resolvidos até o final do episódio.

Domingo, 13 de setembro,
15h, no meu quarto, no Plaza

Muito bem, isto aqui realmente é uma violação dos meus direitos. Quer dizer, se eu quiser ficar deprimida na cama o dia inteiro, eu deveria poder. Se fosse isso que ELA estivesse a fim de fazer, e eu entrasse de supetão no quarto DELA e dissesse para que parasse de sentir pena de si mesma e se sentasse e começasse a reclamar com ela, pode apostar que ELA nunca teria aceitado. Ela simplesmente teria jogado um Sidecar em cima de mim, ou algo assim.

Mas, de algum modo, não há nada errado em ELA fazer isso comigo. Se entrar no meu quarto de supetão, quero dizer, e dizer que é para eu parar de sentir pena de mim mesma.

Agora ela está sacudindo um colar de ouro na minha frente. Tem um pingente quase tão grande quanto a cabeça do Fat Louie. O pingente é todo cravejado de pedras preciosas. Parece alguma coisa que o 50 Cent poderia usar em uma noite de folga, enquanto faz ginástica ou está relaxando com os amigos, ou qualquer coisa assim.

"Você sabe o que é isto que você está vendo aqui, Amelia?", está perguntando Grandmère.

"Se você está tentando me hipnotizar para fazer com que eu pare de roer unhas, Grandmère", disse eu, "Não vai dar certo. O Dr. Moscovitz já tentou."

Grandmère ignorou aquilo.

"O que você vê aqui, Amelia, é um artefato sem preço da história da Genovia. Pertenceu a Santa Amelie, de onde vem o seu nome, que é a santa padroeira do país."

"Hmm, desculpa, Grandmère", disse eu, "Mas eu me chamo Amelia por causa da Amelia Earhart, a aviadora corajosa."

Grandmère soltou uma gargalhada. "Posso afirmar com toda a certeza que não é por isso, não", disse ela. "Seu nome se deve a Santa Amelie e a ninguém mais."

"Hmm, desculpe, Grandmère", disse eu. "Mas a minha mãe me disse, com toda a certeza..."

"Eu não me importo com o que a sua mãe disse para você", afirmou Grandmère. "Você tem este nome por causa da padroeira da Genovia, e ponto final. Santa Amelie nasceu no ano de 1070, era uma simples camponesa que amava mais do que tudo na vida cuidar do rebanho de cabras genovianas de sua família. Enquanto ela cuidava do rebanho do pai, costumava cantar canções tradicionais genovianas para si mesma, com uma voz que, dizem, foi uma das mais lindas e mais melodiosas de todos os tempos, muito melhor do que a daquela Christina Aguilera horrorosa de quem você parece gostar tanto."

Hmm, acorda. Como é que Grandmère sabe disso? Por acaso estava viva no ano 1070? Além disso, a Christina tem, tipo, alcance de voz de sete oitavas. Ou alguma coisa assim.

"Em um belo dia, quando Amelie tinha 14 anos", prosseguiu Grandmère, "estava cuidando do rebanho perto da fronteira entre a Genovia e a Itália quando viu, por acaso, reunidos em um bosquezinho, às escondidas, um conde italiano e um exército de mercenários contratados, que ele trouxera consigo do castelo dele, que ficava ali perto. Com passos leves, assim como as cabras que tanto amava, Amelie conseguiu se aproximar o bastante dos mercenários para descobrir seu intuito naquele país que ela tanto amava. O conde planejava esperar até o cair da noite e então tomar o poder do palácio da Genovia e de sua população e assim adicioná-lo a suas posses já numerosas."

"Garota de pensamento ligeiro, Amelie logo voltou a seu rebanho. O sol já ia baixo no horizonte, e Amelie sabia que não teria tempo de retornar a seu vilarejo e informar os aldeões a respeito do plano vil do conde até que já fosse tarde demais, e ele já tivesse iniciado seu ataque. Então, em vez disso, começou a cantar uma de suas canções tradicionais de lamentação, fingindo não saber nada a respeito das vintenas de soldados rudes que se encontravam apenas algumas colinas além..."

"E foi então que um milagre ocorreu", prosseguiu Grandmère. "Um por um, os mercenários abomináveis foram caindo no sono, embalados pela voz ritmada da Amelie. E quando o conde finalmente também cedeu ao mais profundo dos sonos, Amelie foi correndo até onde ele estava e — empunhando o machadinho que carregava consigo para cortar os galhos de arbustos que com frequência ficavam presos ao pelo de suas cabras adoradas — cortou a cabeça do conde italiano e a segurou bem alto para que o exército dele, que ia acordando, pudesse enxergar.

"'Que isso sirva de aviso para qualquer pessoa que ouse sonhar em destruir a minha amada Genovia', gritou Amelie, chacoalhando a cabeça sem vida do conde.

"E, com isso, os mercenários — aterrorizados pelo fato de aquela menina pequena e aparentemente inofensiva ser o exemplo dos guerreiros com que se depaririam se colocassem os pés no solo genoviano — reuniram seus pertences e retornaram para o lugar de onde tinham vindo com toda a rapidez. E Amelie, ao retornar à sua família com a cabeça do conde como prova de sua história impressionante, foi logo aclamada como salvadora do país, e viveu muito e com boa saúde em sua terra natal pelo resto de seus dias."

Então Grandmère esticou a mão e abriu uma trava do pingente, fazendo a coisa se abrir e revelar o que tinha lá dentro...

"E isto aqui", disse ela, toda dramática, "é tudo que restou de Santa Amelie."

Olhei para a coisa dentro do pingente.

"Hmm", disse eu.

"Está tudo bem, Amelia", disse Grandmère, em tom de incentivo. "Pode colocar a mão. Este é um direito reservado apenas à família real dos Renaldo. Você também pode aproveitá-lo."

Estiquei a mão e encostei naquela coisa que estava dentro do pingente. Parecia — e passava a sensação de ser — uma pedra.

"Hmm", disse eu de novo. "Obrigada, Grandmère. Mas não sei como o fato de eu pegar em uma pedra de uma santa pode me ajudar a me sentir melhor."

"Isto aqui não é uma pedra, Amelia", disse Grandmère, caçoando. "Este é o coração petrificado de Santa Amelie!"

ECAAAAAAAAAAAAAAAA!!!!!!!!!!!!!

Foi para me mostrar ISTO que Grandmère invadiu o meu quarto? É com ISTO que ela quer me animar? Fazendo com que eu pegue no CORAÇÃO petrificado de alguma santa morta????

POR QUE EU NÃO POSSO TER UMA AVÓ NORMAL QUE ME LEVA PARA TOMAR SORVETE QUANDO EU ESTOU TRISTE, em vez de me fazer passar a mão em partes do corpo petrificadas??????

E, tudo bem, eu ENTENDI. Eu ENTENDI que o meu nome vem de uma mulher que desempenhou um enorme ato de bravura e salvou o seu país. Eu ENTENDI o que Grandmère estava tentando fazer: passar um pouco da coragem de Santa Amelie para mim, a tempo do meu grande debate com Lana amanhã.

Mas acho que o plano dela saiu totalmente pela culatra, porque a verdade é que, tirando o amor pelas cabras, Amelie e eu não temos NADA em comum. Quer dizer, claro que Rocky para de chorar quando eu canto para ele. Mas não tem ninguém se apressando para me transformar em santa.

Além do que, duvido muito que o namorado de Santa Amelie falava coisas do tipo "Eu não vou ficar aqui esperando para sempre". Não se ela ainda estivesse carregando aquele machadinho dela.

É tudo muito deprimente. Quer dizer, até mesmo minha própria avó acha que eu não vou conseguir derrotar Lana Weinberger sem uma intervenção divina. Mas que maravilha.

Ah, beleza. Hora de ir para casa.

Domingo, 13 de setembro, 21h, no loft

Estou tãããããããããão feliz de voltar para casa. Parece que eu me ausentei por MUITO MAIS TEMPO do que só dois dias. Falando sério. Parece que faz um ANO desde que eu deitei a última vez nesta cama, com Fat Louie enrolado nos meus pés, ronronando tanto que parece que vai explodir, com os tons agradáveis de Lash nos meus ouvidos, já que não preciso ficar escutando o choro lúgubre do Rocky, porque minha mãe o curou do negócio de ficar chorando para chamar a atenção. Parece que isso aconteceu quando ela o deixou aos cuidados da Mamaw e do Papaw enquanto ela e o Sr. G tinham ido a uma feira de carros clássicos no estacionamento do supermercado Krog Sav-On, porque aquilo era a coisa mais próxima de um evento cultural que estava acontecendo em Versailles no último fim de semana.

Quando chegaram em casa — quatro horas depois —, Mamaw e Papaw estavam sentados exatamente no mesmo lugar em que estavam quando minha mãe e o Sr. G saíram (na frente da TV, assistindo a reprises de um programa de vídeos caseiros, o *America's Funniest Home Videos*) e Rocky estava dormindo pesadamente. Mamaw só disse uma coisa: "Mas que par de pulmões ele tem, isso eu posso dizer."

De todo modo, minha mãe disse que o Sr. G foi mesmo muito valente e que, se antes ela ainda tivesse alguma dúvida de que o amava, com certeza agora não tem mais nenhuma, porque nenhum outro homem se submeteria por vontade própria a tantas indignidades quanto as que ele sofreu em nome dela, inclusive andar no trator do Papaw (o Sr. G disse que, antes disso, o mais perto que tinha chegado de um trator tinha sido um raspador de gelo no jogo de hóquei dos Rangers). O Sr. G disse que ficou muito impressionando com as placas que viu na estrada, saindo do Aeroporto Internacional de Indianápolis, dizendo a ele que se arrependesse de seus pecados e encontrasse a salvação. Mas, ele informou, infelizmente, que o Banco do Condado de Versailles parece ter tirado a placa que eu adorava tanto, que dizia: SE O BANCO ESTIVER FECHADO, POR FAVOR, COLOQUE O DINHEIRO EMBAIXO DA PORTA.

Fiquei feliz de saber que eles seguiram todas as minhas recomendações de manter Rocky longe das máquinas ceifadoras de feno, das serpentes *Agkistrodon contortrix*, e do Hazel, o bode da Mamaw. Minha mãe disse algo a respeito de não ser necessário eu ligar a cada três horas para informar que não havia sinal de atividade de ciclone no radar Doppler para a área deles, mas que apreciava minha vigilância de irmã em relação ao Rocky.

Mais tarde, enquanto o Sr. G se esforçava para guardar as malas deles de volta no armário, eu perguntei se por acaso ela tinha procurado Wendell Jenkins, e ela respondeu: "Por que procuraria?"

"Porque sim", respondi. "Quer dizer, ele já foi o seu amor."

"Claro", respondeu minha mãe. "Há vinte anos."

"É", disse eu. "Mas você amava o meu pai há 15 anos e ainda se encontra com ele."

"Porque eu tenho uma filha com ele", disse minha mãe, olhando para mim de um jeito meio estranho. "Pode acreditar, Mia: se não fosse por você, seu pai e eu provavelmente não teríamos mais nada a ver. Nós dois seguimos em frente, como Wendell e eu seguimos em frente."

Então, minha mãe continuou: "Se eu não tivesse conhecido Frank, talvez eu me arrependesse de não estar mais com Wendell ou com seu pai. Mas estou casada com o homem dos meus sonhos. Então, para responder à sua pergunta, Mia, não, eu não procurei Wendell Jenkins no fim de semana."

Uau. Isso é tão... sei lá. Tão *legal*. O negócio de o Sr. G ser o homem dos sonhos da minha mãe. Quer dizer, espero que ele saiba disso. Como ele tem sorte. Porque ao mesmo tempo em que eu desconfio que existam muitas mulheres por aí que consideram o meu pai, por ser um príncipe rico e tudo o mais, o homem do sonho *delas*, eu não acho que existam muitas moças que pensem: "Hmm, como eu gostaria de conhecer um professor de álgebra pobre, que anda com camisa de flanela, toca bateria e se chama Frank Gianini", como minha mãe evidentemente fez.

De todo jeito, é meio que legal. Que tanto minha mãe e eu estejamos com o homem dos nossos sonhos ao mesmo tempo...

Só que o meu está prestes a terminar comigo.

Mas será que o homem dos meus sonhos REALMENTE me diria que não vai ficar esperando por mim para sempre? Será que o homem dos meus sonhos não deveria estar preparado para esperar toda a ETERNIDADE para me possuir? Quer dizer, é só olhar para Tom Hanks no filme *Náufrago*. Ele COM CERTEZA ficou esperando pela Helen Hunt. Durante QUATRO anos.

E, tudo bem que ele não teve assim muita escolha, já que não tinha exatamente outras mulheres correndo de um lado para o outro naquela ilha com ele, mas mesmo assim.

De todo jeito, quando eu cheguei em casa, encontrei um recado do Michael na secretária eletrônica. Era quase idêntico ao que ele tinha deixado no hotel, pedindo para eu ligar.

E, quando eu liguei o computador, tinha um *e-mail* dele também, dizendo basicamente a mesma coisa que ele já tinha dito nos recados do telefone: para ligar para ele.

De jeito nenhum que eu vou cair nessa. Não vou ligar para ele, só para ele terminar comigo.

Aaaaaaaahhhhhh nãããããããããão! Mensagem instantânea!

Tomara que seja Michael.

Não, tomara que não seja Michael.

Tomara que seja Michael.

Não, tomara que não seja Michael.

Tomara que seja Michael.

Não, tomara que não seja Michael.

Tomara que seja Michael.

ILuvRomance: Oi! Sou eu!

Ah. É a Tina.

FtLouie: Oi, T.

ILuvRomance: Só queria agradecer mais uma vez por sexta à noite. Foi superlegal. Foi TÃO divertido...

FtLouie: Ah, tudo bem. Obrigada.

ILuvRomance: Ei, qual é o problema?

FtLouie: Nada.

ILuvRomance: ALGUMA COISA está errada. Você ainda não usou nenhum ponto de exclamação! Qual é o problema? Você e o Michael tiveram A Conversa?

Às vezes eu acho que Tina é vidente.

FtLouie: Tivemos. E, Tina, foi HORRÍVEL. Ele acabou totalmente com a ideia de Fazer Aquilo na noite do baile de formatura, e disse que não tem dinheiro para pagar o Four Seasons. Não foi nem de LONGE tão legal quanto Boris sobre esse assunto. Ele até disse que não ia ficar esperando por mim para sempre!!!!!!!!!!!!!!!!!

ILuvRomance: NÃO! Não acredito que ele disse isso!!!!

FtLouie: Ele disse mesmo!!! Tina, não sei o que fazer. O meu mundo está desmoronando à minha volta. É tipo: Lana estava TOTALMENTE CERTA.

ILuvRomance: Isso não é possível, Mia. Você deve ter entendido mal.

FtLouie: Pode acreditar, entendi tudo direitinho. Michael quer Fazer Aquilo e também não vai ficar esperando para sempre até eu tomar uma decisão sobre o assunto. Não dá para acreditar. O tempo todo, sabe, eu fiquei achando que ele fosse o homem dos meus sonhos!!!!

IluvRomance: Mia, Michael É o homem dos seus sonhos. Mas só porque você encontrou o amor da sua vida, isso não significa que a sua relação não será castigada por dificuldades de vez em quando.

FtLouie: Não significa?

IluvRomance: Ah, meu Deus, não! A estrada para o ápice romântico é cheia de buracos e lombadas. As pessoas acham que, uma vez que encontram aquela pessoa especial, tudo vira um mar de rosas. Mas nada pode estar mais longe da verdade. Os bons relacionamentos só permanecem assim por meio de muito empenho e sacrifício pessoal da parte de ambos os envolvidos.

FtLouie: Então... o que eu devo fazer?

IluvRomance: Bom... não sei. Como é que as coisas ficaram?

FtLouie: Hmm, Lars bateu na porta e disse que estava na hora de ir para casa. E eu não falei mais com Michael.

IluvRomance: Bom, e o que você está fazendo aí sentada escrevendo para MIM? Pega o telefone agora mesmo e liga para o Michael!!!

FtLouie: Você acha mesmo que eu devo ligar?

IlluvRomance: Eu SEI que você deve ligar. Faça com que ele saiba o quanto você o ama, e como isso é difícil para você, e como você está sofrendo por dentro. Depois, CONVERSA com ele, Mia. Lembre-se de que a comunicação é a chave.

FtLouie: Bom, se você acha mesmo que pode ajudar, acho que eu...

WomynRule: Oi, Mia. Então, amanhã é o grande dia. Você está pronta?

FtLouie: Lilly, por onde você andou? Sua mãe estava atrás de você. Não estava mexendo com aquelas freiras de novo, estava? Você sabe muito bem que o sargento McLinsky mandou você as deixar em paz.

WomynRule: Para sua informação, mocinha, eu passei o dia inteiro trabalhando incansavelmente em SEU benefício. Você vai ARRASAR naquele debate amanhã, graças a algumas informações que eu consegui confirmar pessoalmente. Mas pode saber que, um dia destes, eu VOU acabar com aquelas freiras. Elas estão aprontando alguma coisa de muito errado lá dentro, ISSO eu posso garantir.

FtLouie: Lilly, do que você está falando? Que informações? E sua mãe quer que você leve Pavlov para passear.

WomynRule: Já levei. Ei, você e meu irmão estão brigados ou algo assim?

FtLouie: POR QUÊ???? ELE PERGUNTOU POR MIM????

WomynRule: Bom, isso já responde à MINHA pergunta. Ah, sim, ele perguntou se eu tinha notícias suas. Mas neste momento eu quero que você deixe DE LADO qualquer probleminha pessoal que tenha com meu irmão. Preciso que você esteja em sua melhor forma amanhã para o GRANDE DEBATE. Vá para a cama cedo hoje — tipo agora, por exemplo — e tome um bom café da manhã. E PENSE POSITIVO. O quarto tempo de amanhã vai ser mais curto, com uma assembleia no ginásio para o debate. Daí a votação é logo depois, na hora do almoço. NÃO ESTOU FAZENDO PRESSÃO. Mas, se você não se der bem no debate, tudo que fizemos até agora — os pôsteres, os contatos no jogo de futebol, tudo — vai ter sido em vão.

FtLouie: NÃO ESTÁ FAZENDO PRESSÃO? Lilly, TUDO que existe na minha vida é pressão!!!! O país que um dia governarei está sendo expulso da União Europeia. Minha avó me fez pegar no coração petrificado de uma santa morta. Meu namorado quer Fazer Aquilo. Meu irmãozinho não precisa mais que eu cante para ele...

WomynRule: O meu irmão quer O QUÊ???????

FtLouie: Ai, meu Deus. Eu não queria ter dito isso a você.

WomynRule: VOCÊ NÃO PODE FAZER AQUILO ANTES DE MIM!!! EU MATO VOCÊ!!!!

FtLouie: EU NÃO VOU FAZER. AINDA. Eu quis dizer que ele QUER Fazer Aquilo. Algum dia.

WomynRule: Ah, meu Deus. Então, qual é o problema? TODOS os caras querem Fazer Aquilo, você já devia saber disso. É só dizer para ele se acalmar.

FtLouie: Não dá para dizer para alguém como o seu irmão para se acalmar, Lilly. Ele é um homem MÁSCULO, e tem necessidades de homens másculos. Você não diria para o BRAD PITT se acalmar. Não. Porque BRAD PITT é um homem másculo. IGUAL AO SEU IRMÃO.

WomynRule: Certo, mas só você mesma, Mia para chamar o meu irmão de um homem másculo. Mas tanto faz. Não fique pensando nisso tudo hoje à noite. Em vez disso, concentre-se apenas em dormir bem para estar descansada para o debate de amanhã de manhã. E não se preocupe. Você vai acabar com elas.

FtLouie: LILLY!!! ESPERA!!! EU NÃO VOU CONSEGUIR!!! ESTOU FALANDO DO DEBATE!!! VOCÊ VAI TER DE DEBATER NO MEU LUGAR!!! ALIÁS, É VOCÊ QUE QUER SER PRESIDENTE, NÃO EU!!!!!!!! EU TENHO MEDO DE FALAR EM PÚBLICO!!!! NENHUMA DAS GRANDES MULHERES DA GENOVIA SE DEU BEM FRENTE A GRANDES MULTIDÕES!!! NÓS SÓ SOMOS BOAS EM MATAR SAQUEADORES!!! LILLY!!!!!!!!!!!!

WomynRule: log-off

ILUVROMANCE: Se isto servir para consolar você, Mia, *eu* acho que você vai se dar superbem amanhã.

FTLOUIE: Valeu, Tina. Mas agora eu preciso ir. Acho que estou ficando com enjoo.

Segunda-feira, 14 de setembro, 1h

Não vou conseguir. NÃO vou conseguir. Vou pagar o maior mico. .
Por que eu fui aceitar fazer isto?

Segunda-feira, 14 de setembro, 3h

Isto não é justo. Eu já não suportei o bastante para uma pessoa só na vida? Por que, ainda por cima, vou ter de me humilhar completamente na frente dos meus colegas — mais uma vez?

Segunda-feira, 14 de setembro, 5h

Por que Fat Louie não para de dormir em cima da minha cabeça?

Segunda-feira, 14 de setembro, 7h

Agora eu vou morrer.

Segunda-feira, 14 de setembro, Sala de Estudos

Pensando bem, eu estou me preocupando por nada. Quer dizer, se o mundo vai mesmo acabar daqui a dez ou vinte anos devido ao fim de todo o petróleo acessível, é preciso perguntar a si mesmo: qual é a importância disso tudo?

E a história do derretimento das calotas polares? Se isso acontecer, Nova York nem vai mais existir.

E o supervulcão em Yellowstone? Acorda, e o INVERNO nuclear?

E as algas assassinas? Se minhas lesmas não funcionarem, todo o litoral do Mediterrâneo vai ser destruído. Na verdade, é só uma questão de tempo até que o fundo do mar do mundo inteiro esteja coberto de *Caulerpa taxifolia*. A vida como a conhecemos vai deixar de existir, porque não vai mais haver frutos do mar... nada de camarão ao alho e óleo nem bolinho de lagosta nem salmão defumado... já que não vai mais existir nenhum camarão, nem lagosta, nem salmão. Nem mais nada vivo no oceano. A não ser um monte de algas assassinas.

Fala sério, levando tudo isso em conta, será que o meu debate com Lana não é UM POUQUINHO insignificante?

Segunda-feira, 14 de setembro, Educação Física

POR QUE a gente tinha de começar as aulas de vôlei hoje, ainda por cima? Eu sou PÉSSIMA em vôlei. Aquela coisa de ficar batendo na bola com a parte de dentro do pulso... DÓI de verdade! Vou ficar toda cheia de marcas roxas e pretas.

E, além do mais, eu não gostei nada da piadinha da Sra. Potts de fazer com que eu e Lana fôssemos as capitãs dos times. Porque, é claro, assim a coisa virou um jogo das populares contra as impopulares, sendo que Lana escolheu Trisha e todas as amigas odiosas delas, e eu escolhi Lilly e todas as rejeitadas sem coordenação da classe, porque, bom, eu sabia que LANA não ia escolher nenhuma delas, e eu não queria que elas se sentissem excluídas, porque EU SEI como é ser a última escolhida para um time. É a pior sensação do mundo, ficar lá parada enquanto a pessoa que escolhe passa o olhar direto por você, como se você nem estivesse ALI!

E é claro que Lana ganhou no cara ou coroa, então ela sacou primeiro, e mandou a bola bem EM CIMA DE MIM, eu juro. Ainda bem que eu desviei, se não podia ter me acertado e deixado uma marca roxa.

E eu não ligo se a Sra. Potts diz que esse é o objetivo. Será que ela não ouviu falar de todos os ferimentos relacionados ao voleibol que acontecem todos os anos? O que ela acharia se o OLHO DELA fosse arrancado por uma bola?

Mas, bom, é claro que nenhuma das minhas companheiras de equipe tomou a iniciativa de pegar a bola, porque era óbvio que TODAS elas conheciam a probabilidade de perder o olho por causa da bola de vôlei.

Nem precisa dizer que perdemos todos os *sets*.

Agora Lana está desfilando pelo vestiário com o calção de futebol do Ramon Riveras, falando como eles se divertiram FABULOSAMENTE no fim de semana, depois do jogo. Parece que ela e Ramon saíram para dar um passeio de barco ao redor de Manhattan no iate do pai dela. Taí uma coisa que ela não vai poder fazer quando as calotas polares derreterem, porque Manhattan não vai mais existir, já que vai ficar embaixo d'água, então espero que ela tenha aproveitado bem. Mas parece que não, porque ela disse que eles se divertiram muito jogando tampinhas de garrafa na água para ver as gaivotas mergulhando para tentar comê-las. Sem perceber que eram tampinhas de garrafa e não comida.

Obviamente, Lana não é uma pessoa que tem muita consciência ambiental se não percebe que as tampinhas de garrafa podem fazer uma gaivota ou um peixe não muito inteligentes engasgarem.

Daí o pai dela levou os dois ao Water Club, um restaurante a que eu sempre quis ir, mas que provavelmente vai ter de fechar em pouco tempo, se não fizerem alguma coisa a respeito das algas assassinas que vão acabar com todo o resto das plantas marinhas do mundo.

Mas eu duvido que Lana já tenha parado para pensar, uma vez na vida, no que acontece NO FUNDO do oceano. Ela só se preocupa com o que acontece POR CIMA da água. Tipo, se ela fica bem de biquíni.

O que, depois de tê-la visto de fio dental, devo dizer, muito revoltada, que deve ficar mesmo muito bem.

Mas isso não a transforma em uma boa pessoa.

Por que alguém não me mata?

Segunda-feira, 14 de setembro, Geometria

Mais dois tempos, até eu me humilhar na frente da escola inteira.

Prova indireta = suposição feita no início que leva à contradição. A contradição indica que a suposição é falsa e que a conclusão desejada é verdadeira.

Como Lana é bonita, deve ser legal. Porque todas as coisas bonitas são legais.

FALSO FALSO FALSO FALSO

As algas assassinas são bonitas, mas também são mortais.

Postulado = uma afirmação considerada verdadeira sem precisar de provas.

Posso muito bem postular que vou perder o debate de hoje para Lana.

Sabe de uma coisa? Acho que estou começando a entender esse negócio de Geometria.
 Ah, meu Deus, não seria esquisito se, durante todo este tempo, eu tivesse pensado que era boa em uma coisa, e ruim em outra, e no final eu era ruim de verdade nessa segunda coisa, e boa na outra????

Só que... eu não quero ser matemática quando crescer. Eu quero ser ESCRITORA. Eu quero ser boa em REDAÇÃO. Não QUERO ser boa em Geometria.

Bom, certo, quero ser boa nisso, sim. Só não, sabe como é, TÃO boa a ponto de começar a ganhar prêmios de Geometria e todo mundo ficar tipo: "Mia! Mia! Resolve este teorema aqui!"

Porque ia ser chato demais.

Segunda-feira, 14 de setembro, Inglês

Mais um tempo até eu me fazer de boba na frente da escola inteira.

Olha só para ela. Quem ela acha que é, com aquele chinelo da Samantha Chang?

E não é? Ela está se achando. Dá para ver.

Aposto que ela nem precisa daqueles óculos. Deve usar só para as pessoas não prestarem atenção nos olhos apertados e horrorosos dela.

Totalmente. E aquela calça cargo. Acorda.

TOTALMENTE já era. Eu acho.

MIA!!! VOCÊ ESTÁ ANIMADA???? Não parece nada animada. Na verdade, parece tão péssima como quando estava na educação física. Você dormiu pelo menos UM POUCO ontem à noite?

Como é que eu podia dormir, sabendo, como eu sabia, que hoje eu vou ser esfolada viva na frente de todo o corpo estudantil — igual àquele cara de *O falcão dos mares*?

Ninguém vai ser esfolada viva. Tirando a Lana, talvez. Porque você vai acabar com ela.

LILLY! NÃO vou! Eu não sou boa em falar em público, e você SABE disso. E falando de um ponto de vista evolucionário, a Lana tem a vantagem TANTO do visual QUANTO de o grupo sociopolítico dela ser aquele ao qual o restante de nós quer se juntar.

Do que é que você está falando?

Pode acreditar em mim. Eu vou perder.

Não vai. Eu tenho uma arma secreta.

VOCÊ VAI ATIRAR NELA?????

Não, Tina, sua TONTA, eu não vou atirar na Lana durante o debate. Eu tenho uma cartazinha na manga que vou tirar se o corpo estudantil não parecer convencido. Mas só se parecer que Mia está precisando.

EU ESTOU PRECISANDO!!!! EU ESTOU PRECISANDO!!!!

Paciência, minha jovem padawan.

Lilly, POR FAVOR, se você sabe de alguma coisa, você precisa me dizer, estou MORRENDO aqui. Entre o seu irmão e isso e as lesmas, estou completamente ferrada...

Mia! Ela quer falar com você! No corredor!

Respire. Simplesmente respire. E vai dar tudo certo. Igual à Drew em **Para sempre Cinderela.**

Para você, é fácil falar, Lilly. Ela não pisoteou em cima dos SEUS sonhos.

Segunda-feira, 14 de setembro, na escadaria do terceiro andar

Quem ela acha que é? Quer dizer, FALA SÉRIO? Será que ela acha que, só porque eu sou LOURA (bom, tudo bem, loura de farmácia, mas mesmo assim) e PRINCESA, também tenho de ser BURRA?

Se esse for o caso, ela vai ter de REEXAMINAR ESSE POSTULADO.

"Mia", disse ela, depois de me arrastar até o corredor "para a gente poder conversar" na frente de TODO MUNDO. "Eu conversei com o seu pai. Ele veio aqui na sexta para falar comigo a respeito do seu trabalho escolar. Mia, eu não fazia ideia de que você tinha ficado tão chateada com as suas notas na minha aula. Você devia ter dito alguma coisa..."

Hmm, acorda, acho que eu disse. Eu pedi para reescrever a redação. Lembra, Srta. Martinez?

"Você sabe que pode conversar comigo sobre qualquer coisa, quando quiser."

Hmm, tudo bem. Posso falar com você sobre como estou preocupada com o casamento apressado demais da Britney e sua subsequente ausência da indústria do entretenimento? Não, acho que não vai dar, não é mesmo, Srta. Martinez? Porque você não gosta de referências à cultura *pop*.

"Eu sei que eu sou severa com as notas, Mia, mas, sinceramente, um B é uma nota muito boa na minha aula. Eu só dei um A até agora neste semestre..."

Hmm, eu sei, porque eu vi. Na redação da *Lilly*.

"A única razão por que eu não me senti confortável em lhe dar um A foi porque ainda não acho que você esteja aproveitando todo o seu potencial. Você é uma escritora de muito talento, Mia, mas precisa se dedicar, e escolher temas que sejam um pouco mais substanciosos do que Britney Spears."

ISTO é o que há de errado com esta escola. O fato de as pessoas não compreenderem que Britney Spears É um tema substancioso! Ela é um barômetro humano por meio do qual o humor do país pode ser determinado. Quando Britney faz alguma coisa chocante, as pessoas vão correndo comprar seus exemplares das revistas *Us Weekly* e *In Touch*. Britney garante que sempre há algo novo acontecendo. Sim, pode haver assassinatos e desastres naturais e outras coisas baixo-astral no noticiário. Mas daí vem Britney, dando um beijo de língua na Madonna no MTV Video Music Awards e, de repente, as coisas já não parecem mais tão ruins quanto antes.

Acho que o meu ultraje deve ter ficado visível no meu rosto, porque, um segundo depois, a Srta. Martinez ficou toda assim: "Mia? Tudo bem com você?"

Mas eu não disse nada. Afinal, o que eu PODERIA dizer?

Ótimo. O segundo sinal do quarto tempo acabou de tocar. Vou receber uma advertência de atraso da Mademoiselle Klein quando eu finalmente chegar à aula de Francês.

Não que eu me importe. O que é uma advertência de atraso em comparação com o que vai acontecer comigo daqui a precisamente quarenta minutos, na frente da ESCOLA INTEIRA?

Segunda-feira, 14 de setembro, Francês

O tempo até que eu me faça de boba na frente da escola inteira.

ONDE VOCÊ ESTAVA???? VOCÊ PERDEU!!!!

Perdi o quê? Do que é que você está falando, Shameeka? ESPERA... Por acaso todo mundo fez um círculo em volta do/da Perin e cantou "ABAIXE AS SUAS CALÇAS"????

Claro que não. Mas Mademoiselle Klein fez MESMO todo mundo ler a história que tinha escrito em voz alta, e, antes de começar, todo mundo tinha de dizer o nome — sabe como é, tipo, "Mon histoire, par Shameeka" e quando chegou a vez de Perin, que disse "Mon histoire, par Perinne", Mademoiselle Klein disse assim: "Você quis dizer Perin"; e Perin respondeu: "Não, Perinne", e Mademoiselle Klein disse: "Não, você quis dizer Perin porque Perin é masculino e você é um menino. Perinne é feminino"; e Perin respondeu: "Eu sei que Perinne é feminino. EU SOU UMA MENINA."

PERIN É UMA MENINA???? AI, MEU DEUS!!!!! Coitada da Perin! Que vergonha! Quer dizer, de a Mademoiselle Klein achar que ele era ele. Quer dizer, que ela era ele. Bom, você entendeu o que eu quis dizer. O que ela fez? A Mademoiselle Klein?

Bom, ela pediu desculpas, é claro. O que mais ela PODIA fazer? A coitada da Perin ficou VERMELHA IGUAL A UM PIMENTÃO. Eu fiquei com tanta pena dela!

Tudo bem, Shameeka, a gente pode convidá-lo — quer dizer, convidá-la — para sentar com a gente no almoço hoje. Eu vi que ela ficou sentada sozinha a semana passada inteira, perto do cara que detesta que coloquem milho no *chilli*. Acho de verdade que ela está precisando de nós.

Ah, mas que ideia ótima! Você é mesmo boa com este tipo de coisa. Sabe fazer os outros se sentirem melhor. É meio como se...

O quê?

Bom, eu ia dizer que é meio como se você fosse uma princesa ou alguma coisa assim. Mas você É princesa! Então, é claro que você é boa com esse tipo de coisa. É meio que o seu trabalho.

É. Acho que é mesmo, não é?

Segunda-feira, 14 de setembro, na sala da Diretora Gupta

Sabe de uma coisa? Eu não estou nem aí. Não estou nem ligando para o fato de estar aqui sentada na sala da Diretora Gupta.

Não ligo para o fato de Lana estar aqui sentada do meu lado, olhando feio para mim.

Não ligo para o fato de o bordado de leão do meu casaco estar pendurado apenas por alguns fios.

E não ligo para o fato de a escola inteira estar agora no ginásio, esperando nós duas chegarmos para o nosso debate.

Quando é que ela vai desistir? É isso que eu quero saber. Estou falando da Lana, claro. COMO ELA TEM CORAGEM??? Uma coisa é implicar comigo, mas é BEM diferente implicar com uma pessoa totalmente indefesa, sem contar que é NOVA NA ESCOLA.

Se ela acha que eu vou ficar lá sem fazer nada e deixar que ela tire sarro de alguém desse jeito, ela está muito enganada. Bom, acho que ela se deu conta disso, tendo em vista que eu ainda estou com um chumaço do cabelo dela na minha mão. Mas acho que não é o cabelo dela de verdade, porque descobri que era uma trança de extensão removível que ela colocou para demonstrar seu espírito escolar (é uma fita azul trançada em um cacho de cabelo louro falso).

O que explicaria por que saiu com tanta facilidade na minha mão quando eu me ataquei com ela, com a intenção de arrancar cada fio de cabelo da cabeça idiota dela, depois que ela me disse para cuidar da minha vida e arrancou o bordado de leão do meu casaco da AEHS.

Mesmo assim. Espero que tenha doído.

A parte triste de tudo isso é que ela não sabe como tem sorte. Eu teria feito muito mais estrago se Lars e Perin não tivessem me segurado.

Perin pode ter revelado ser uma menina, mas é uma menina surpreendentemente forte.

Também é muito bem educada. Quando a Diretora Gupta estava me arrastando para a sala dela, ouvi quando Perin gritou: "Obrigada, Mia!"

E apesar de ser possível que eu esteja errada — eu ainda estava enlouquecida pela onda de fúria —, acho que algumas pessoas até aplaudiram.

Mas é claro que a Diretora Gupta nunca acharia que *Lana* fez alguma coisa de errado. Por favor! Ela acha que eu ataquei Lana porque estava "nervosa" por conta do debate. Certo, é isso aí, Diretora Gupta. Era nervosismo, sim. Não tinha NADA a ver com o fato de que, quando estávamos saindo da aula de Francês, Lana passou, inclinou o corpo na direção da Perin e disse: "HERMAFRODITA."

Ou que eu, em resposta, mandei Lana calar a boca idiota dela.

Ou que Lana, em retaliação, esticou a mão e arrancou o bordado de leão da AEHS do meu *blazer*.

A parte em que eu, totalmente por instinto, arranquei a trança postiça da Lana foi a única que chegou aos ouvidos da Diretora Gupta.

A Diretora Gupta diz que eu tenho sorte de não levar uma suspensão imediata. Ela diz que só não vai fazer isso porque sabe que eu estou com muitos problemas em casa neste momento (HÃ??? DO QUE É QUE ELA ESTÁ FALANDO? DAS LESMAS? DO FATO

DE EU SER UMA BABONA DE BEBÊ? QUE O MEU NAMORA-
DO QUER FAZER AQUILO ALGUM DIA? O QUÊ?????).

Ela diz que acha melhor que eu e Lana sejamos capazes de resolver nossas diferenças de um outro jeito que não nos atracando no chão do corredor do segundo andar. No final das contas, ela vai nos obrigar a fazer o debate. Ela diz: "Mia, será que você pode, por favor, tirar a cabeça deste diário e prestar atenção ao que eu estou dizendo?"

Caramba. O que ela ACHA que eu estou escrevendo? Enredos novos para *Guerra nas estrelas*?

Lana está rindo, é claro.

Acho que ela não ficaria rindo tanto se descobrisse que eu me chamo Amelia por causa de uma pessoa que cortou fora a cabeça de outra com um machado.

Segunda-feira, 14 de setembro, no ginásio

Ai, meu Deus. Como é que eu fui me meter nesta? Está TODO MUNDO aqui. Todos os MIL alunos da Albert Einstein High School, da oitava série ao terceiro ano do ensino médio, sentados nas arquibancadas, à minha frente, OLHANDO para mim, com os OLHOS PREGADOS em mim, porque não tem mais nada para se olhar, a não ser a Lana, e os dois púlpitos e esta palmeira em um vaso que colocaram aqui para deixar o ambiente mais aconchegante ou algo assim — ou talvez para me fornecer oxigênio se eu começar a desmaiar — e a Diretora Gupta, parada entre a cadeira dobrável de cada uma de nós, como uma juíza em uma luta importante.

Tenho certeza de que vou vomitar em cima da palmeira no vaso.

A Diretora Gupta está explicando que este será apenas um debate amigável entre Lana e eu para que os eleitores possam conhecer o nosso ponto de vista relativo a diversas questões.

Amigável. Sei. É por isso que ainda estou com a trança da Lana na mão.

E, acorda, questões? Existem QUESTÕES???? NINGUÉM ME DISSE QUE HAVERIA QUESTÕES!!!

Dá para ver Lilly, com a câmera de vídeo focada e pronta, na primeira fileira da arquibancada — sentada com Tina e Boris e Shameeka e Ling Su e, ah, olha lá, que fofa, Perin — fazendo sinais para mim. O que Lilly está tentando me dizer? Não é possível que ela já esteja se preparando para utilizar sua arma secreta. Ainda não, de todo jeito. O debate nem começou! O que ela está fazendo com as mãos???? Por que está fazendo aquele gesto de fechar?

Ah, já sei. Ela quer que eu me sente reta na cadeira e pare de escrever no meu diário. Ah, até parece, Lilly...

AI, MEU DEUS. O cheiro. Eu reconheço este cheiro. Chanel N° 5. A única pessoa que eu conheço que usa Chanel N° 5 — ou que pelo menos passa tanto perfume que dá para sentir o cheiro a quilômetros de distância, antes mesmo de ela entrar no recinto...

O QUE ELA ESTÁ FAZENDO AQUI????

Ai, meu Deus, por que EU? Fala sério. NÃO devia ser permitido que os familiares dos alunos simplesmente entrassem na área da escola quando bem entendessem. Eu não teria nem a metade dos problemas que tenho no momento se houvesse algum tipo de segurança nesta escola, para deixar os meus pais e a minha avó FORA dela...

Ah, não, o meu pai também não!

E Rommel.

É. Minha avó trouxe o CACHORRO dela para o debate.

E uma falange de repórteres.

Caramba! Aquele ali é LARRY KING????

Que maravilha. Agora só falta minha mãe e Rocky aparecerem, e isto vai se transformar em uma reunião da família Thermopolis-Gianini-Renaldo...

Ah. Lá está ela. Acenando com o bracinho do Rocky para mim, da arquibancada. Oi, Rocky! Que bom que você veio! Que bom que você veio para ver sua irmã mais velha ser total e sistematicamente aniquilada por sua inimiga mortal...

Ah, não. Está começando.

ONDE É QUE MICHAEL ESTÁ QUANDO EU PRECISO DELE????

Segunda-feira, 14 de setembro, no banheiro

Bom, aqui estou eu. No banheiro. Ah, quanta novidade.

Acho que não vou sair daqui por um bom tempo. Um tempo bem, bem comprido. Tipo assim... acho que nunca.

A coisa toda foi completamente surreal. Quer dizer, eu vi a Diretora Gupta dar uns tapinhas no microfone. Eu ouvi quando os murmúrios entre as pessoas que estavam na arquibancada pararam de repente. Todos os pares de olhos estavam sobre nós.

E daí a Diretora Gupta deu as boas-vindas a todos presentes ao debate — esforçando-se principalmente para agradecer ao Larry King por ter ido, com as câmeras dele — e explicou a importância do conselho estudantil, e do papel fundamental que a presidente tem. Daí disse: "Temos aqui duas mocinhas bem diferentes — cada uma delas com sua personalidade unicamente, *hmm*, forte — concorrendo ao cargo hoje. Espero que vocês prestem toda a atenção enquanto nossas candidatas nos dizem por que são adequadas para o papel de presidente, e o que pretendem fazer para transformar a Albert Einstein High School em um lugar melhor."

E daí — acho que para me castigar por causa do negócio todo de arrancar a trança —, a Diretora Gupta deixou Lana falar primeiro.

Os aplausos que se ouviram quando Lana foi até o púlpito só podem ser descritos como estrondosos. Os urros e os assobios, os coros de "La-na, La-na" foram quase ensurdecedores, principalmente porque estávamos no ginásio, afinal de contas, e o som se amplificava mesmo, com toda aquela estrutura de metal.

Daí, Lana — com uma cara bem desencanada, de quem não estava nem um pouco preocupada com o fato de estar falando a mil colegas, e mais uns 75 integrantes do corpo docente e da equipe de funcionários da AEHS (se contarmos as moças da cantina), minha família inteira e um monte de repórteres da CNN — começou a falar.

Basta dizer que Lana falou exatamente o que aqueles mil colegas dela queriam ouvir — bom, na maior parte. Não me surpreendeu nem um pouco saber que Lana era uma árdua defensora de uma comida melhor na cantina, mais tempo para o almoço, espelhos maiores nos banheiros das meninas, menos lição de casa, mais esportes, admissão garantida do departamento de aconselhamento para faculdades de primeira linha que os formandos da AEHS queiram frequentar, e mais opções dietéticas e baixas em carboidratos nas máquinas de doces e de refrigerantes. Disse que era contra as câmeras externas de vigilância e pediu para que fossem retiradas. Prometeu à gentalha de estudantes alegrinhos que, se for eleita presidente, vai se assegurar de que todas essas coisas se cumpram...

...apesar de eu saber, a propósito, que é impossível. Porque aquelas câmeras de vigilância podem até infringir os direitos das pessoas que gostam de fumar na frente da escola e sujar os degraus com as pontas de cigarro nojentas, mas servem principalmente para impedir que haja vandalismo e invasões na escola.

E o distribuidor de alimentos para a cantina é o mesmo que atende a todas as outras escolas — e hospitais — do bairro, e oferece os preços mais baixos para alimentos de alta qualidade vendidos na região.

E se o conselho aprovar horário de almoço mais longo, vai ter de diminuir o horário das aulas, que no momento já têm só 15 minutos.

E onde é que Lana acha que vai conseguir dinheiro para colocar espelhos maiores nos banheiros? E será que por acaso ela levou em consideração os seguintes fatos:

- menos lição de casa vai nos deixar menos preparados para os cursos de faculdade que alguns de nós vamos querer fazer no futuro
- mais esportes vai resultar em menos dinheiro para programas artísticos de enriquecimento cultural
- ninguém pode receber a garantia de ser aceito por uma faculdade de primeira linha, nem mesmo quem é filho de pais que estudaram nelas
- nossas opções nas máquinas de doces e refrigerantes estão restritas ao que os vendedores têm a oferecer

Obviamente não.

Mas acho que isso não faria a menor diferença para ela. Ou para os eleitores dela, porque, quando ela terminou, todo mundo estava gritando feito louco, batendo os pés na arquibancada para demonstrar sua aprovação. Eu vi Ramon Riveras levantar e rodar o *blazer* da escola por cima da cabeça algumas vezes para animar ainda mais a plateia.

A Diretora Gupta pareceu meio brava quando foi até o microfone e disse: "Hã, hmm, obrigada, Lana. Mia, você gostaria de fazer o seu discurso?"

Eu achei que fosse vomitar. De verdade. Só que eu não sei o que é que eu poderia vomitar, já que não consegui tomar café da manhã hoje, e só tinha chupado cinco balinhas de frutas que Lilly tinha me dado, comido meia barra de cereal que eu peguei com o Boris, engolido três Tic Tacs que Lars me ofereceu e tomado uma Coca.

Mas quando eu comecei a andar na direção do púlpito — meus joelhos tremiam tanto que eu fiquei surpresa de conseguir ficar em pé —, alguma coisa aconteceu. Não sei exatamente o que foi. Nem por quê.

Talvez tenha sido por causa das vaias intermitentes.

Talvez tenha sido pela maneira como Trisha Hayes apontou para os meus coturnos e ficou rindo.

Talvez tenha sido por causa do jeito como Ramon Riveras colocou as mãos em volta da boca e gritou: *"PET! PET!"*, de um jeito que não podia ser chamado de elogioso nem de longe.

Mas, quando eu olhei para aquele mar de gente à minha frente, e vi lá no meio o rosto reluzente da Perin fazendo sinal de afirmativo, enquanto ela batia palmas até não poder mais para mim, foi como se o fantasma da minha ancestral, Rosagunde, a primeira princesa da Genovia, tivesse tomado conta do meu corpo.

Ou isso ou a minha santa padroeira Amelie desceu um pouco das nuvens para me emprestar um pouco da atitude dela, de empunhar um machado e tal.

De qualquer jeito, apesar de eu continuar com vontade de vomitar e tudo o mais, quando eu cheguei ao púlpito e me lembrei de como Grandmère tinha me dado bronca por apoiar os cotovelos nele, fiz uma coisa completamente inédita na história dos debates para o conselho estudantil da Albert Einstein High School:

Arranquei o microfone do suporte e, segurando-o na mão, fui para a FRENTE do púlpito.

Isso mesmo. Para a frente. Assim, não tinha nada que servisse de escudo para proteger o meu corpo.

Nenhum lugar para eu me esconder.

Nada me separando do meu público.

E daí, quando todo mundo ficou em silêncio estupefato devido a esse movimento incomum, eu disse assim — sem ter a menor ideia de onde tinha vindo aquela enxurrada repentina de palavras que saía de mim: "'Entreguem-me as multidões cansadas, empobrecidas e amontoadas que desejam respirar livres.' Isso é mais ou menos o que está escrito na Estátua da Liberdade. Foi a primeira coisa que milhões de imigrantes que chegaram a este país viram ao desembarcar em nosso litoral. Uma afirmação assegurando-os de que, nesta nação que é um verdadeiro caldeirão de culturas, *todos* seriam bem-vindos, independentemente da situação socioeconômica, da cor do cabelo, de quem cada um namora, se faz depilação, raspa as pernas ou simplesmente não faz nada, ou se joga ou não algum esporte.

"E por acaso a escola não é, em si, um caldeirão de culturas? Por acaso não somos um grupo de pessoas que tem de ficar junto durante oito horas por dia, e nos defendermos da melhor maneira possível?

"Mas, apesar de nós aqui na Albert Einstein formarmos uma nação à parte, eu não vejo as pessoas agirem assim. Só vejo um monte de gente dividida em panelinhas que servem para sua própria proteção, e que têm um medo enorme de permitir que alguma pessoa nova — alguma pessoa que venha das multidões amontoadas que desejam respirar livres — entre em seus grupinhos preciosos e seletivos.

"O que é um saco."

Deixei que a ideia fosse absorvida durante um minuto enquanto, à minha frente, vi uma onda de descrença passar pelo meu público. Larry King cochichou alguma coisa no ouvido de Grandmère.

Mas eu nem liguei. Quer dizer, ainda sentia que ia vomitar por cima dos atletas, que estavam sentados bem na minha frente.

Mas não vomitei. Só continuei em frente. Igual a...

Bom, igual à Santa Amelie.

"A história já tentou rejeitar muitas formas de governo ao longo do tempo, inclusive o governo de acordo com o poder divino, algo que este país aboliu há centenas de anos.

"E, no entanto, por alguma razão, nesta escola, parece que o direito divino ao poder continua existindo. Existe um certo grupo de pessoas que parece acreditar em seu direito inerente aos cargos oficiais, por serem mais bonitos do que o restante de nós — ou por serem melhores atletas — ou por serem convidados para mais festas do que nós."

E, enquanto eu ia dizendo essas coisas, olhava diretamente para Lana e também dei uma olhada no Ramon e na Trisha, para garantir. Então olhei de novo para o público à minha frente, que na maior parte não conseguia desgrudar os olhos de mim, de boca aberta — e nem era porque tinham desvio de septo, como Boris.

"Essas pessoas encontram-se no topo da escada da evolução", prossegui. "São as pessoas com a melhor pele. As pessoas que têm corpo igual ao das modelos que aparecem nas revistas. As pessoas que sempre têm as bolsas mais bonitas ou os óculos escuros da moda. As pessoas populares, que fazem a gente ter vontade de ser parecida com elas.

"Mas eu estou aqui na frente de vocês hoje para dizer que já passei por isso. É isso aí. Eu já estive do lado dos populares. E sabe o quê? É tudo a maior falsidade. Essas pessoas agem como se tivessem direito a governar você e eu, mas são absolutamente desqualificadas para o trabalho devido ao simples fato de que não acreditam nos preceitos mais fundamentais da nossa nação, que diz que TODOS NÓS FOMOS CRIADOS IGUAIS. Nenhum de nós é melhor do que qualquer outra pessoa aqui. E isso inclui também qualquer princesa que por acaso esteja no recinto."

Isso fez todo mundo rir, embora eu nem estivesse mesmo tentando ser engraçada. Mesmo assim, por alguma razão aquela risada fez com que eu sentisse menos vontade de vomitar. Quer dizer... eu tinha conseguido fazer as pessoas rirem para mim.

E não, sabe como é, DE mim. Mas de alguma coisa que eu disse. E também não foram risadas sarcásticas.

Não sei, mas aquilo foi meio que... maneiro.

E, de repente, apesar de eu ainda sentir a palma das mãos suando e os dedos tremendo, eu me senti... bem.

"Olhem", disse eu. "Não vou ficar aqui prometendo um monte de porcarias que tanto eu quanto vocês sabemos que não posso garantir." Olhei de novo para Lana, que tinha cruzado os braços por cima do peito e agora estava fazendo cara feia para mim. Virei de novo para o público. "Mais tempo para o almoço? Vocês sabem que a diretoria nunca vai aprovar isso. Mais esportes? Será que alguém aqui acha mesmo que suas necessidades esportivas não estão sendo atendidas?"

Algumas mãos se ergueram.

"E será que alguém aqui acha que suas necessidades *criativas* ou *educacionais* não estão sendo atendidas? Alguém aqui acha que a escola está precisando de uma revista literária, ou de novos equipamentos digitais de vídeo, fotografia e edição para os clubes de Cinema e de Fotografia, ou um forno de cerâmica para o departamento de arte, ou um novo sistema de iluminação para o Clube de Teatro mais do que precisamos de um troféu de campeões de futebol do distrito?"

Muitas, muitas mãos a mais se ergueram.

"É isso aí", disse eu. "Foi o que eu pensei. Esta escola tem um problema de verdade: já faz muito tempo que um grupo, representando a minoria, tem tomado decisões em nome da maioria. E isso simplesmente está *errado*."

Alguém soltou um grito de aprovação. E nem acho que foi Lilly.

"Na verdade", disse eu, incentivada pelo grito, "é *mais* do que errado. É uma violação completa dos princípios sobre os quais esta nação foi fundada. Como o filósofo John Locke colocou, 'O governo só pode ser legítimo na medida em que é baseado no consentimento das pessoas governadas'. Vocês vão mesmo dar seu consentimento para que uns poucos privilegiados tomem as decisões no seu lugar? Ou será que vão confiar essas decisões a alguém que de fato os compreende, alguém que compartilha de seus ideais, de suas esperanças e de seus sonhos? Alguém que vai fazer todo o possível para ter certeza de que a SUA voz, e não a voz da chamada minoria popular, seja ouvida?"

Com isso, ouviu-se mais um grito, e esse veio lá do outro lado da arquibancada — com toda a certeza não veio de um amigo meu.

O segundo grito foi seguido pelo terceiro. E daí ouviu-se uma chuva de aplausos. E uma voz gritou: "É isso aí, Mia!"

Uau.

"Hmm, obrigada, Mia." Do canto do olho, eu vi a Diretora Gupta dar um passo na minha direção. "Isso foi muito esclarecedor."

Mas eu fingi que nem tinha ouvido.

É isso mesmo. A Diretora Gupta estava me dando o sinal para eu me sentar — para sair debaixo dos holofotes — e me afundar de novo na minha cadeira.

E eu a desprezei.

Porque eu ainda tinha mais coisa guardada no peito que precisava soltar.

"Mas não é só isso que há de errado com esta escola", disse eu ao microfone, gostando do jeito como ele fazia com que minha voz ecoasse pelo ginásio.

"E o fato de que existem pessoas trabalhando aqui — pessoas que se consideram professores — que parecem achar que sua maneira de se expressar é a única que merece crédito? Será que vamos mesmo tolerar que instrutores em um campo tão subjetivo quanto, ah, por exemplo, inglês, nos digam que o tema escolhido para nossas redações é inapropriado porque pode ser considerado — por algumas pessoas — não substancioso o bastante no que diz respeito a sua importância? Se, por exemplo, eu quiser escrever uma redação a respeito da importância histórica do animes ou do mangá japonês, será que o meu texto vale menos do que o de alguém falando da caldeira no parque de Yellowstone que um dia pode explodir, matando dezenas de milhares de pessoas?

"Ou", acrescentei, quando todo mundo começou a cochichar porque ninguém sabia que o parque de Yellowstone não passava de um reservatório mortal de magma e que provavelmente muitas daquelas pessoas tinham ido passar férias em família lá sem saber disso, "será que o meu texto a respeito do anime ou do mangá japonês não tem A MESMA IMPORTÂNCIA que a redação a respeito da caldeira de Yellowstone porque, sabendo como agora sabemos, que tal caldeira existe, precisamos de algum tipo de diversão — como anime e mangá japonês — para não pensar só nisso?"

Houve um momento de silêncio estupefato. Então alguém, de algum lugar no meio da arquibancada gritou: *"Final Fantasy!"* Alguém mais gritou: *"Dragonball!"* Outra pessoa, bem mais para cima, berrou: *"Pokémon!"*, e todo mundo começou a rir à beça.

"Talvez coisas como loteria e televisão tenham sido inventadas para vender produtos, para fazer os trabalhadores gastarem o dinheiro que ganham com tanto custo, como uma maneira de fazer com que todos sintamos uma falsa noção de complacência, e para nos distrair dos verdadeiros horrores à nossa volta. Mas talvez essas distrações sejam NECESSÁRIAS, de modo que, durante nossos momentos de lazer, possamos nos divertir", prossegui. "Será que existe algo de errado em ficar um pouco à toa, assistindo a *OC — Um estranho no paraíso* depois de termos terminado o nosso trabalho? Ou, então, cantando um pouco de *karaoke*? Ou lendo gibis? Será que as coisas precisam ser complicadas e difíceis de entender para serem consideradas culturais? Daqui a cem anos, depois de estarmos todos mortos por causa da caldeira de Yellowstone, ou por causa do derretimento das calotas polares, ou por causa do fim do petróleo, ou porque algas assassinas vão ter tomado conta do planeta, quando o que restar da civilização humana olhar para trás, para o que acontecia com a sociedade no início do século XXI, o que vocês acham que vai conseguir descrever melhor a nossa vida? Uma redação a respeito de como a mídia nos explora ou um único episódio de *Sailor Moon*? Sinto muito mas, até onde me diz respeito, deem-me um anime, ou eu prefiro a morte."

O ginásio explodiu.

Não porque o Clube do Computador finalmente tinha conseguido construir um robô assassino e soltar no meio das animadoras de torcida.

Mas por causa do que eu tinha dito. Falando sério. Por causa do que eu, Mia Thermopolis, tinha dito.

Mas o negócio é que eu ainda não tinha terminado.

"Então, hoje", disse eu, precisando gritar para que me escutassem por cima dos aplausos, "quando vocês forem depositar na urna o seu voto para presidente do conselho estudantil, perguntem a si mesmos: o que significa 'o povo' na frase 'um governo para o povo, pelo povo'? Será que significa alguns poucos privilegiados? Ou a vasta maioria de nós que nasceu sem um pompom prateado na boca? Então, votem pela candidata que parece melhor representar vocês, o povo."

E então, com o coração forçando as costelas de tão forte que batia, eu me virei, joguei o microfone para a Diretora Gupta e saí correndo do ginásio. Sob aplausos estrondosos.

Para a segurança do reservado do banheiro.

O negócio é que eu estou me sentindo muito ESQUISITA. Quer dizer, eu nunca na vida tinha tido a coragem de fazer uma coisa dessas. Bom, tirando aquele negócio dos parquímetros, mas foi diferente. Eu não estava pedindo o apoio das pessoas para MIM. Estava pedindo que apoiassem menos danos à infraestrutura e maiores arrecadações. Aquilo foi meio que superfácil.

Mas, isso aqui, não.

Isso aqui foi diferente. Eu estava pedindo aos outros que colocassem sua confiança — seu voto — em mim. Não é como na Genovia, onde esse apoio é meio que automático porque, hmm, não TEM outra princesa. Só tem eu. O que eu digo vale. Ou vai valer, sabe como é, quando eu assumir o trono.

Oh-oh. Estou ouvindo vozes no corredor. O debate deve ter acabado. Fico imaginando o que Lana deve ter dito na réplica. Eu provavelmente deveria ter ficado por lá para dar a tréplica à réplica dela. Mas não deu. Simplesmente, não deu.

Ah, não. Estou ouvindo a voz da Lilly...

Segunda-feira, 14 de setembro, S&J

Bom, foi bem divertido. Estou falando do almoço. Todo mundo deu uma passada na nossa mesa para me dar os parabéns e dizer que ia votar em mim. Foi meio que legal. Quer dizer, não só gente da minha panelinha — os *nerds* —, mas também os do grupo do *skate*, e os *punks*, e o pessoal do teatro e até alguns esportistas. Foi bizarro conversar com toda aquela gente que normalmente passa reto por mim no corredor.

E, de repente, parecia que todo mundo queria sentar na MINHA mesa do almoço, uma novidade.

Só que não dava, porque agora a Perin também está sentando com a gente, além do pessoal de sempre, e não tem mais lugar.

Hoje formamos uma turma particularmente festiva, devido a algumas boas notícias — pelo menos, *eu* achei que foram boas notícias. O lance é que, depois que eu saí correndo do ginásio, e Lana tentou dar a réplica dela, todo mundo ficou vaiando e ela não conseguiu falar nenhuma palavra. A Diretora Gupta teve de desligar o sistema de som até que a coisa ficou tão insuportável que todo mundo resolveu se acalmar. E, a essa altura, Lana já tinha saído do ginásio chorando (Bem feito. Eu não sei como é que vou conseguir costurar o bordado de leão de volta no *blazer*. Minha mãe, é claro, não sabe costurar. Talvez eu possa pedir para a camareira de Grandmère.).

Mas essa não foi a única coisa boa que aconteceu. Depois que Lilly finalmente conseguiu me arrastar para fora do banheiro, eu esbarrei na minha mãe e no meu pai e em Grandmère. Minha mãe me deu um abraço — e Rocky ficou olhando para mim todo contente — e me disse que estava muito orgulhosa de mim.

Mas foi meu pai quem me deu a melhor notícia de todas. Ele tinha recebido informações do Esquadrão Genoviano Real de Mergulho com Tanque dizendo que as *Aplysia depilans* tinham de fato começado a comer as algas assassinas! Mesmo, de verdade! Já tinham limpado 15 hectares praticamente da noite para o dia, e provavelmente vão acabar com todas elas até outubro, quando as águas do Mediterrâneo ficarem frias demais para elas, que vão acabar morrendo.

"Mas tudo bem", disse meu pai, sorrindo para mim. "Já introduzi um projeto de lei no Parlamento pedindo que mais dez mil lesmas sejam trazidas para o país até a próxima primavera, para o caso de alguma alga assassina dos nossos vizinhos resolver se infiltrar na nossa baía."

Mal dava para acreditar no que eu estava ouvindo.

"Então, isso quer dizer que não vão nos expulsar da União Europeia?", perguntei.

Meu pai pareceu chocado. "Mia", disse ele. "Isso nunca iria acontecer. Bom, sabe como é, eu sei que alguns países podem ter *desejado* nos expulsar da União Europeia. Mas acredito que são os mesmos que causaram esse ecodesastre para começo de conversa. Então, ninguém estava levando realmente a sério os pedidos de expulsão."

E agora é que ele me diz. Bem legal, pai. Tipo, eu nem passei noites em claro, preocupada com isso. Bom, entre outras coisas.

Foi bem nessa hora que eu reparei na Srta. Martinez ali parada, meio com cara de... bom, acho que coitadinha é a melhor palavra para descrevê-la.

"Mia", disse ela, quando eu finalmente parei de abraçar meu pai (pela minha imensa alegria de saber que minhas lesmas tinham salvado a baía). "Eu só queria dizer que o seu discurso foi ótimo. E que você tem razão. Não falta à cultura *pop* valor ou mérito. Ela tem o seu lugar, assim como a cultura erudita. Sinto muito por fazer você achar que as coisas sobre as quais você gosta de escrever têm menos valor do que assuntos mais sérios. Não têm."

Uau!!!!

O fato de meu pai estar meio que medindo a Srta. Martinez de cima a baixo enquanto tudo isso se desenrolava, no entanto, fez com que minha alegria da vitória diminuísse um pouco.

Mas tanto faz. Acho que é bastante improvável meu pai começar a sair com alguém que de fato sabe o que é gerúndio. A última namorada dele achava que gerúndio era um tipo de roedor maldoso e fedido.

Falando nisso, logo depois que tudo isso aconteceu, Grandmère chegou e me puxou pelo braço um pouco para longe dos outros.

"Está vendo só, Amelia?", disse ela, com um sussurro grave e com cheiro de Sidecar. "Eu disse que você era capaz. O que aconteceu lá dentro foi mesmo muito inspirado. De verdade. Quase tive a sensação de que o espírito de Santa Amelie estava entre nós."

O mais estranho e assustador disso tudo é que... eu meio que senti a mesma coisa.

Mas eu não disse nada. Em vez disso, falei assim: "Então, hmm, Grandmère, qual era a arma secreta que você e Lilly arrumaram? E quando é que vocês vão usar?"

Mas ela só levantou o bordado meio rasgado da AEHS entre o polegar e o indicador e disse: "O que aconteceu com o seu *blazer*? Sinceramente, Amelia, será que você não consegue tomar mais cuidado com as suas coisas? Uma princesa não deve andar por aí toda esfarrapada de jeito nenhum."

Mas, bom. De todo jeito, foi tudo bem legal. Principalmente, a parte em que Grandmère disse que precisava cancelar a nossa aula de princesa do dia para fazer limpeza de pele. Parece que todo o estresse de ter ajudado Lilly com a eleição fez os poros dela se abrirem.

No final das contas, quase bastou para me fazer pensar que as coisas — sei lá — podem de fato dar certo para mim, pelo menos uma vez na vida.

Mas daí eu me lembrei do Michael. Que, aliás, não tinha ligado nem mandado uma mensagem de texto nenhuma vez, para me desejar sorte no debate, ou para perguntar como tinha sido, nem nada. Na verdade, eu não falei mais com ele desde a conversa sobre Fazer Aquilo.

E preciso reconhecer que aquela conversa não correu assim tão bem quanto eu desejava.

Mas, mesmo assim. É de se pensar que ele ligaria. Mesmo que, sabe como é, fui eu que não respondi às ligações nem aos *e-mails* DELE.

Boris está tocando "God Save the Queen", que significa "Deus salve a rainha", e é o hino do Reino Unido, no violino, para mim. Eu disse a ele que ainda é meio cedo para isso. Afinal, os votos depositados durante a hora do almoço ainda estão sendo contados. A Diretora Gupta vai anunciar a vencedora pelo alto-falante, no último tempo.

Lilly acabou de dizer, toda suave, para mim: "E daí, quando você vencer, poderá fazer um comunicado por conta própria. Sabe como é, que você vai renunciar e deixar a presidência para mim."

Hmm. Não é engraçado? Mas até esse momento, eu meio que tinha me esquecido dessa parte do nosso plano.

Segunda-feira, 14 de setembro, Governo dos EUA

A Sra. Holland me parabenizou pelo meu discurso hoje, e disse que ficou orgulhosa. ORGULHOSA! DE MIM!!! Uma professora tem orgulho de mim!!!

DE MIM!!!!!!!

Segunda-feira, 14 de setembro, Ciências da Terra

Kenny acabou de me dizer uma coisa superesquisita. Despejou assim em cima de mim, bem quando estávamos desenhando nossos diagramas dos cinturões de radiação de Van Allen.

"Mia", disse ele. "Quero falar uma coisa para você. Sabe a minha namorada, a Heather?"

"Seeeeeeei", respondi, relutante, porque achei que ele já estivesse se preparando para me contar mais uma história longa e chata a respeito das habilidades da Heather na ginástica.

"Bom", o rosto do Kenny ficou tão vermelho quanto o cinturão de radiação que eu estava colorindo. "Eu inventei tudo."

!!!!!!!!!!!!!!!!!!!!!!

É, foi isso mesmo. Kenny passou os últimos cinco dias contando histórias INVENTADAS a respeito da namorada INVENTADA dele, Heather. Uma namorada que, devo admitir, chegou a fazer com que eu me sentisse ameaçada! Porque ela era tão perfeita! Quer dizer, loura e esportiva E só tira A no boletim????

Na verdade, pensando melhor, eu deveria me sentir feliz com o fato de Heather afinal de contas não ser de verdade. Ela estava fazendo com que eu me sentisse bastante por baixo, para falar a verdade.

Mas tanto faz. Eu só olhei para ele e fiquei tipo assim: "Kenny. Por que você foi fazer isso?"

E ele respondeu, todo envergonhado: "É que eu não estava conseguindo aguentar, sabe como é? Você com esta sua vida perfeita de princesa, com Michael, seu namorado perfeitamente principesco. É que... sei lá. Eu fiquei mal."

Ah. Sei. Minha vida perfeita. Minha vida perfeita de princesa, com Michael, meu namorado perfeitamente principesco. Deixa eu contar uma coisa para você, Kenny. Você quer saber o quanto minha vida perfeita de princesa NÃO é nada perfeita? Meu namorado perfeitamente principesco está se preparando para me dar o fora, porque eu não quero Fazer Aquilo. Você classifica isso de perfeito, Kenny?

Só que, é claro que eu não podia dizer nada disso. Porque nada disso é da conta do Kenny. Além do que, eu também não quero que essa história de Michael querer Fazer Aquilo acabe circulando pela escola. Graças aos diversos filmes baseados na minha vida que andam flutuando por aí — e que não são nada fiéis à realidade —, já tem gente demais achando que sabe tudo sobre mim. Não preciso que ainda MAIS informação vaze.

Mas tanto faz. Eu simplesmente garanti ao Kenny que minha vida não é assim tão perfeita quanto ele pensa. Que, na verdade, eu tenho MUITOS problemas, entre eles o fato de ser uma babona de bebê e de quase ter feito com que meu país fosse expulso da União Europeia.

Surpreendentemente, essa informação pareceu deixá-lo animadinho até demais. Tanto que, na verdade, eu estou até um pouco chateada.

O qu...

Ah, não. O alto-falante da sala acabou de fazer um chiado. A Diretora Gupta vai fazer um comunicado para anunciar o resultado da votação de hoje.

Ai, meu Deus. Ai, meu Deus. Ai, meu Deus.

Aqui está:

Lana Weinberger, 359 votos.

Mia Thermopolis, 641 votos.

Ai, meu Deus.

AI, MEU DEUS.

EU SOU A NOVA PRESIDENTE DO CONSELHO ESTUDANTIL DA ALBERT EINSTEIN HIGH SCHOOL.

Segunda-feira, 14 de setembro, 17h, na pizzaria Ray's

Certo. Aquilo foi... aquilo foi totalmente surreal.

Não conheço outra palavra para descrever tudo o que aconteceu. Estou total e completamente pasma. Até agora. E já faz duas horas desde que a Diretora Gupta me declarou vencedora. E, desde então, já comi metade de uma *pizza* de queijo e tomei três Cocas.

E AINDA estou chocada.

Talvez não tenha tanto a ver com o fato de vencer a eleição, e mais com o que aconteceu *depois* que eu descobri que tinha ganho. Que foi...

...MUITA COISA, para falar a verdade.

Em primeiro lugar, todo mundo na aula de Ciências da Terra, inclusive Kenny, começou a pular para todo o lado, dando parabéns para mim, e daí pedindo para eu, por favor, pedir à diretoria que comprasse equipamento eletroforese para o laboratório de biologia, algo que tinham pedido ao último presidente, sem sucesso.

Então, no mesmo instante, eu compreendi o peso da responsabilidade que eu carregaria no papel de presidente.

E...

Eu gostei.

Eu sei. EU *SEI*.

Quer dizer, como se já não bastasse eu ser

- princesa da Genovia
- irmã de um bebê indefeso cujos pais não são lá muito fortes no quesito parental, se é que você me entende
- uma escritora incipiente que ainda precisa passar em Geometria este ano
- uma adolescente, com tudo que isso implica, tal como variações de humor, inseguranças e uma ou outra espinha ocasional
- apaixonada por um garoto de faculdade.

Agora, estou de fato alimentando a ideia de ser tudo isso E presidente do conselho estudantil da minha escola???

Mas. Bom. É sim.

É, estou sim. Porque o fato de ganhar aquela eleição contra Lana? Foi totalmente O MÁXIMO.

Mas, bom. Essa foi só a PRIMEIRA coisa que aconteceu.

A seguinte foi que, depois que o sinal tocou, marcando o final das aulas do dia, eu estava indo para o meu armário, devagar... bem devagar, porque todo mundo ficava me parando para dar parabéns — e esbarrei na Lilly, que pulou nos meus braços (apesar de eu ser bem mais alta do que ela, ela pesa bem mais. Ela tem muita sorte de eu não a ter derrubado. Mas acho que eu estava com aquela adrenalina igual a quando seu bebê fica preso embaixo de um carro ou quando você ganha a eleição para presidente do conselho estudantil da sua escola, ou algo assim, já que consegui segurá-la até ela resolver descer).

Bom, mas Lilly ficou toda: "A GENTE CONSEGUIU!!! A GENTE CONSEGUIU!!!!"

E daí Tina e Boris e Shameeka e Ling Su e Perin apareceram, e começaram a pular para cima e para baixo junto conosco. Daí, fomos todos até o meu armário, cantando aquela música "We are the champions", que quer dizer "nós somos os campeões".

Daí, enquanto todo mundo por lá estava cantando na maior animação, e eu estava colocando a combinação do cadeado do meu armário para abri-lo, reparei em alguma coisa bem estranha acontecendo no armário ao lado do meu. E era que Ramon Riveras, ladeado pela Diretora Gupta e pelo PAI da Lana Weinberger, ninguém menos, estava tirando tudo — e estou falando que era TUDO mesmo — do armário dele, e enfiando as coisas, todo tristonho, em uma sacola de ginástica.

E, parada um pouco atrás deles, com lágrimas escorrendo pelo rosto, estava Lana, que ficava batendo o pé e dizendo: "Mas papai, POR QUÊ???? Por quê, papai, POR QUÊ???"

Só que o Dr. Weinberger nem queria saber de responder. Ele só ficou lá parado, com uma cara muito solene, até que Ramon tivesse tirado tudinho do armário dele. Daí a Diretora Gupta disse: "Muito bem. Venha comigo."

E ela, Ramon, o Dr. Weinberger e Lana foram todos para a sala da diretora.

Mas, antes de sair, Lana deu um olhar bem nojento para mim por cima do ombro e falou assim, por entre os dentes: *"Eu vou me vingar de você por isso, nem que seja a última coisa que eu faça na vida! Você vai se arrepender!"*

Achei que ela estivesse falando que ia se vingar de mim por eu ter vencido a eleição. Mas daí Shameeka falou assim: "Ei, para onde estão levando Ramon?" Lilly deu um sorrisinho maligno e respondeu: "Para o aeroporto, provavelmente."

Quando todo mundo perguntou, em coro, do que ela estava falando, Lilly explicou: "Minha arma secreta. Só que, depois daquele seu discurso, Mia, eu vi que a gente não ia precisar dela. Mas parece que aquela sua avó dedurou os Weinberger mesmo assim, apesar de não ter sido necessário. Preciso mesmo tirar o chapéu para Clarisse. É melhor não estar na lista negra desta senhora."

Como isso não serviu exatamente para esclarecer a questão — pelo menos até onde eu tinha entendido —, eu pedi para Lilly explicar de que diabos ela estava falando, e ela explicou. Acontece que, no dia do jogo de futebol, quando Lilly se sentou atrás dos pais da Lana, ela ficou escutando a conversa deles todinha, e descobriu que o Ramon já era formado.

Isso mesmo! Ele já tinha diploma de ensino médio, obtido na terra natal dele, o Brasil, onde tinha levado a escola dele a vencer o campeonato nacional de futebol! O Dr. Weinberger e alguns outros membros do conselho tiveram a ideia brilhante de PAGAR para ele se mudar para os Estados Unidos e se matricular na AEHS, para a gente ter chance de ganhar alguns jogos de futebol, pelo menos uma vez.

Lilly e Grandmère tinham planejado usar essa informação como parte da campanha para sujar o nome da Lana, em caso de, depois do debate, parecer que ela pudesse ganhar.

Mas com a minha citação de *Sailor Moon* e de John Locke, elas se convenceram de que eu estava com a eleição no papo. Então, acabou que Grandmère só foi ligar para a sala da Diretora Gupta para falar do Ramon *depois* do anúncio do resultado da eleição.

Devo dizer que essa informação fez com que eu olhasse para a Lilly com novos olhos. Quer dizer, eu sempre soube que Lilly carrega umas cartas na manga. E não estou dizendo que os Weinberger tinham o direito de usar o coitado do Ramon daquele jeito, nem de enganar os outros conselheiros.

Mas, caramba! Eu não queria estar contra Lilly — muito menos contra Grandmère — em uma briga.

Lilly ficou lá parada, toda contente, enquanto todo mundo dava tapinhas nas costas dela e dizia que ela tinha feito uma coisa muito legal mesmo.

E acho que *foi* mesmo legal de certo modo, se você concordar — e eu com toda a certeza concordo — que qualquer coisa que faça Lana chorar é ótima.

"Então", disse Lilly, depois que eu tinha juntado todas as minhas coisas e estava lá parada, pronta para ir embora. "Como Clarisse deixou você fugir do inferno de princesa hoje, que tal ir comemorar a NOSSA vitória?"

Ela colocou tanta ênfase na palavra NOSSA que só uma pessoa bem burra não teria notado.

Eu entendi muito bem.

E senti meu estômago revirar.

"Hmm", respondi. "Claro, Lilly. Falando nisso... Aconteceu uma coisa enquanto eu estava lá fazendo aquele discurso hoje..."

"Você está dizendo para *mim* que alguma coisa aconteceu", disse Lilly, dando tapinhas nas minhas costas. "Você venceu uma batalha por todos os meninos e as meninas impopulares mundo afora, e isso aconteceu enquanto você estava fazendo aquele discurso hoje."

"É", respondi. "Eu sei. Sobre isso. É que eu já não sei mais o que estou achando dessa história toda. Quer dizer, Lilly, você não acha que o seu plano é meio injusto? Aquelas pessoas votaram em *mim*. Sou *eu* que elas acham que..."

Vi os olhos da Lilly se arregalarem para alguma coisa que ela viu atrás de mim.

"O que ELE está fazendo aqui?", ela quis saber. Então, para a pessoa que estava atrás de mim, disse: "Caso você tenha se esquecido, você já se FORMOU, sabia?"

Alguma coisa fez meu coração se apertar com aquelas palavras. Porque eu sabia — simplesmente SABIA — quem era a pessoa com quem ela estava falando.

A ÚLTIMA pessoa que eu queria ver naquele instante.

Ou talvez a pessoa que eu MAIS queria ver naquele instante.

Tudo dependia do que ele tinha a dizer para mim.

Lentamente, eu me virei.

E lá estava Michael.

Acho que pareceria superdramático se eu dissesse que tudo o mais no corredor pareceu sumir, até que fosse como se apenas Michael e eu estivéssemos lá, sozinhos, ali parados, olhando um para o outro.

Se eu escrevesse isso em uma história, a Srta. Martinez provavelmente escreveria CLICHÊ no topo da folha, ou algo assim.

Só que NÃO é clichê nenhum. Porque foi exatamente o que aconteceu. Foi como se não existisse mais ninguém no mundo inteiro, só nós dois

"A gente precisa conversar", foi o que o Michael me disse. Não disse *Oi*. Nem *Por que você não me ligou?* Nem *Por onde você tem andado?* E com toda a certeza não me deu nenhum beijo.

Só *A gente precisa conversar*.

E aquelas quatro palavras foram o bastante para fazer o meu coração parecer tão encolhido e duro quanto o de Santa Amelie.

"Certo", respondi, apesar de minha boca ter ficado completamente seca.

E quando ele deu meia-volta para sair da escola, eu fui atrás dele, depois de jogar um olhar ameaçador por cima do ombro — para informar ao Lars que era para ele ficar BEM longe de mim, e para Lilly saber que não haveria comemoração nenhuma.

Pelo menos, não por enquanto.

Lars aceitou com muito profissionalismo, como é típico dele. Mas eu ouvi Lilly gritar: "Beleza! Pode ir com o seu NAMORADO. Veja se nós estamos ligando!"

Mas Lilly não sabia. Lilly não sabia como o meu coração tinha ficado encolhido e pequeno de repente. Lilly não sabia que eu estava achando que a minha vida — minha vida perfeita de princesa — estava prestes a explodir em cinquenta bilhões de pedaços. Sabe aquele supervulcão embaixo de Yellowstone? É, quando aquele negócio explodir, não vai ser NADA comparado a isso.

Desci a escada da escola atrás do Michael — bem embaixo do olhar vigilante das câmeras de segurança — e para longe da multidão reunida em volta do Joe. Fui atrás dele atravessando duas avenidas, sendo que nenhum de nós disse nenhuma palavra. Com toda a certeza, eu é que não ia falar primeiro.

Porque agora tudo estava tão diferente. Se ele quisesse terminar comigo porque eu não ia Fazer Aquilo — bom, não fazia a menor diferença para mim.

Ah, FAZIA diferença sim, é claro. Meu coração JÁ estava se despedaçando, e a única coisa que ele disse foi: "A gente precisa conversar."

Mas, acorda. Eu sou a princesa da Genovia. Eu sou a presidente recém-eleita do conselho estudantil da AEHS.

E NINGUÉM — nem mesmo Michael — vai me dizer quando eu devo Fazer Aquilo.

Finalmente, chegamos aqui, à pizzaria Ray's. O lugar estava vazio porque as aulas tinham acabado de terminar, e ainda não tinha dado tempo de encher, e já tinha passado muito tempo depois do almoço, mas ainda não estava na hora do jantar.

Michael apontou para um reservado e disse: "Quer uma *pizza*?"

"*A gente precisa conversar.*"

"*Quer uma* pizza?"

Foi tudo o que ele tinha me dito até então.

Eu respondi: "Quero." E como minha boca ainda parecia seca como areia, eu acrescentei: "E uma Coca."

Ele foi até o balcão e fez o pedido. Daí, voltou para o reservado, deslizou para o assento à minha frente, me olhou bem nos olhos, e disse: "Eu vi o debate."

NÃO era isso que eu achava que ele ia dizer.

Não era MESMO o que eu achava que ele ia dizer, e por isso meu queixo caiu. Não me lembro de ter voltado a fechar a boca até que senti o gosto do ar frio e com cheiro de *pizza* na língua, e percebi que estava respirando pela boca, igual ao Boris.

Fechei a boca com um estalo. Daí, perguntei: "Você estava *lá*?"

E NEM FOI ME DAR UM OI??????????? Só que eu não disse a última parte.

Michael sacudiu a cabeça.

"Não", respondeu. "Passou na CNN."

"Ah", disse eu. Fala sério. Quem além de MIM teria o debate da escola transmitido pela CNN?

E quem além do MEU NAMORADO por acaso assistiria à transmissão?

"Gostei do que você disse sobre *Sailor Moon*", disse ele.

"GOSTOU?" Não sei por que isso saiu com uma voz tão estridente.

"É. E aquela citação do John Locke? Aquilo foi de arrasar. Você aprendeu isso na aula de governo da Holland?"

Assenti com a cabeça, incapaz de falar, de tão surpresa que estava por ele saber daquilo.

"É", disse ele. "Ela é legal. Então..." Ele apoiou um braço nas costas do assento dele no reservado. "Você é a nova presidente da AEHS."

Coloquei as mãos com os dedos dobrados para dentro em cima da mesa, na esperança de que ele não notasse o estrago que fiz nas minhas unhas desde a última vez que a gente tinha se encontrado. Estrago que se devia quase que inteiramente às preocupações que eu tive por causa DELE.

"Parece que sim", respondi.

"Achei que Lilly quisesse ser presidente", disse Michael. "Não você."

"Ela quer", respondi. "Mas agora... bom, eu meio que não quero abandonar o cargo."

Michael ergueu as sobrancelhas. Daí soltou um assobio baixinho.

"Uau", disse ele. "Você se importa se eu não estiver por perto quando você explicar isso a ela?"

"Não", respondi. "Tudo bem."

Então eu fiquei paralisada. Espera... se ele não queria estar por perto quando eu explicasse para Lilly que eu não tinha intenção de renunciar ao cargo de presidente, isso que dizer que...

Isso tem de querer dizer que...

De repente, meu pobre coração encolhido pareceu demonstrar alguns sinais de vida.

"A *pizza* está pronta", disse o cara atrás do balcão.

Então, Michael se levantou para pegar a *pizza* e nossos três refrigerantes — ele também pediu um para Lars, que estava sentado em uma mesa do outro lado do restaurante, fingindo estar interessado no episódio de *Dr. Phil* que o cara do balcão estava assistindo na TV pendurada no teto — e levou tudo para a mesa.

Eu não sabia mais o que fazer. Então, peguei uma fatia de *pizza*, coloquei em um pratinho de papel e levei para Lars, com o refrigerante dele. Não é brincadeira ter de ficar tomando conta de um guarda-costas o tempo todo.

Depois, voltei a me sentar e peguei uma fatia para mim, coloquei em um prato e espalhei pimenta com cuidado por cima.

Michael, como era de costume, simplesmente pegou uma fatia — aparentemente, alheio ao fato de que estava pelando —, dobrou no meio e deu uma mordida bem grande.

As mãos dele, enquanto fazia isso, pareciam assustadoramente... grandes. Por que eu nunca tinha reparado nisso antes? Como as mãos do Michael são grandes!

Aí, depois que ele engoliu, disse: "Olha. Eu não quero brigar por causa disso."

Ergui os olhos para ele meio de repente, porque estava olhando para as mãos dele. Não tinha muita certeza do que ele quis dizer com "isso". Será que ele estava falando da Lilly e da presidência? Ou será que estava falando...

"Eu só quero saber uma coisa", prosseguiu ele, com uma voz meio cansada, "a gente vai Fazer Aquilo ALGUM DIA?"

Certo. Não era sobre Lilly e a presidência.

Eu praticamente engasguei com o pedacinho de *pizza* que tinha mordido, e precisei engolir uns três litros de Coca antes de ser capaz de dizer: "CLARO QUE SIM."

Mas Michael pareceu desconfiado.

"Antes do final desta década?"

"Com toda a certeza", disse eu, com mais convicção do que eu de fato sentia. Mas sabe como é. O que mais eu poderia ter dito? Além do mais, o meu rosto estava tão vermelho quanto o molho da *pizza*. Eu sei porque vi o meu reflexo no porta-guardanapo.

"Quando eu entrei nesta, eu sabia que não ia ser fácil, Mia", disse Michael. "Quer dizer, além da diferença de idade e de você ser a melhor amiga da minha irmã, tem ainda o lance de você ser princesa... essa coisa de você viver rodeada de *paparazzi* e de não poder sair sem o guarda-costas e tudo o mais. Um homem mais fraco poderia achar tudo isso demais da conta. Eu, por outro lado, sempre apreciei um desafio. Além do que, eu te amo, então, vale a pena."

Eu praticamente derreti ali mesmo. Quer dizer, fala sério. Será que algum cara ALGUM DIA já disse alguma coisa assim tão fofa?

Mas daí ele prosseguiu.

"Não que eu esteja tentando apressar você a fazer uma coisa para a qual ainda não está pronta", disse Michael, com tanto descaso como se estivesse falando sobre o próximo movimento que planejava fazer em Rebel Strike. Aliás, como é que os meninos conseguem fazer isso? "É só que eu sei que demora um pouco para você se acostumar com as coisas. Então, quero que você comece a se acostumar com o seguinte: você é a garota que eu quero. Um dia, você VAI ser minha."

Agora, o meu rosto estava MAIS VERMELHO do que o molho da *pizza*. Pelo menos, era o que eu sentia.

"Hmm", disse eu. "Certo." Porque, o que mais eu PODERIA dizer depois daquilo????

Além do que, eu não estava exatamente descontente. Eu QUERO que Michael me queira.

É só que, sabe como é, ele DIZER isso assim desse jeito, foi meio... sei lá.

Uma delícia.

"Bom, se isso estiver bem claro, está bom", disse Michael.

"Está claríssimo", respondi, depois de passar um tempo me engasgando.

Daí ele disse que, na questão de Fazer Aquilo, eu estava dispensada por enquanto, mas que ele esperava reavaliações periódicas a respeito do assunto.

Perguntei de quanto em quanto tempo ele achava que deveríamos reavaliar o assunto, e ele disse mais ou menos uma vez por mês, e eu disse que achava reavaliações de seis em seis meses melhores, e daí ele disse dois, e eu disse três, e ele respondeu: "Combinado."

Então, ele se levantou e foi oferecer mais uma fatia ao Lars e ficou preso na conversa que Lars estava tendo com o cara do balcão a respeito das chances do Yankees no campeonato de beisebol este ano, apesar de, até onde eu sei, Michael nunca ter assistido a um jogo de beisebol na vida.

Mas o que ele fez foi desenvolver um programa de computador em que a gente coloca todas as estatísticas relativas a um time e daí, com ele, determina quais são as chances de um time ganhar de outro com margem de erro bem pequena.

A verdade é que eu amo Michael. Ele é o garoto que eu quero. E, um dia, ele VAI ser meu.

E agora ele quer saber se eu quero tomar um sorvete.

Eu respondi:

"Com toda a certeza, quero sim."

Este livro foi composto na tipologia
Lapidary 333 BT, em corpo 12/17, e impresso em
papel off-white no Sistema Cameron da
Divisão Gráfica da Distribuidora Record.